मेरा *चीज़* किसने हटाया?

आपके काम और आपकी ज़िंदगी में होने वाले परिवर्तनों का सामना कैसे करें!

मेरा *चीज़* किसने हटाया? एक सरल नीतिकथा है जो परिवर्तन के बारे में गहरी सच्चाइयों को उजागर करती है। यह उन चार पात्रों की मज़ेदार और ज्ञानवर्द्धक कहानी है, जो भूलभलैया में रहते हैं और *चीज़* की खोज करते हैं ताकि वे स्वस्थ और सुखी रह सकें।

उन पात्रों में स्निफ और स्करी नाम के दो चूहे हैं। और दो 'छोटे लोग' हैं - जो चूहे के आकार के जीव हैं, परंतु वे इन्सानों की तरह दिखते और व्यवहार करते हैं। उनके नाम हेम और हॉ हैं।

चीज़ एक प्रतीक है - उस वस्तु का जो आप अपने जीवन में पाना चाहते हैं, चाहे वह एक अच्छी नौकरी या प्रेमपूर्ण संबंध हो, धन या अचल संपत्ति हो, स्वास्थ्य या मन की आध्यात्मिक शांति हो।

और भूलभुलैया वह स्थान है, जहाँ आप अपनी मनचाही वस्तु की खोज करते हैं - वह ऑफ़िस जहाँ आप काम करते हैं, या वह परिवार या वह समाज जिसमें आप रहते हैं।

कहानी के पात्र अप्रत्याशित परिवर्तन का सामना करते हैं। आखिरकार उनमें से एक सफल हो जाता है और वह भूलभुलैया की दीवारों पर लिखता है कि उसने अपने अनुभव से क्या सीखा है। जब आप 'दीवार पर लिखी इबारत' पढ़ेंगे तो आप खुद जान जायेंगे कि किस तरह परिवर्तन का सामना किया जाये ताकि आपकी नौकरी और ज़िंदगी में आप कम से कम तनावग्रस्त होकर ज़्यादा से ज़्यादा सफल हो सकें।

इस शाश्वत कहानी को पढ़ने में एक घंटे से भी कम समय लगता है, पर इसकी अद्भुत शिक्षा का असर आप पर ज़िंदगी भर रह सकता है।

का उपयोग कई कॉरपोरेशन्स, शासकीय संस्थानों, सेना, छोटे व्यवसायों, अस्पतालों, चर्चों और स्कूलों में पुरुषों और महिलाओं द्वारा किया जा रहा है, जिनमें निम्नलिखित शामिल हैं :

AAA * Abbott Labs * Amway * Anheuser Busch * Apple Computers * AT&T * Avis * Bauer * Bausch & Lomb * Bell South * BF Goodrich * Bristol Myers Squibb * Blue Cross * Budget * Cigna * Chase Manhattan * Citibank * 3 Com * Compaq * Dell computers * Exxon * Federal Health Care Financing Agency * First Union * Franklin Mint * General Motors * Georgia Pacific * Glaxo Wellcome * Goodyear * Greyhound * GTE Directories * Hewlett-Packard * Home savings * Hartford Insurance * Hilton * IBM * International Paper * Kodak * Lockheed Martin * Lucent Technologies * Marriot * MCI * Mead Johnson * Mercedes Benz * Merck * Mobil * Morgan Stanley * Nations Bank * NCAA * Nestle * Nordstrom * NY Stock Exchange * Oceaneering * Ohio State University * Pacific Century Financial * Pepsi * Pitney Bowes * Procter & Gamble * Pep-Boys * Pillsbury * Sara Lee * Sea Land * Shell * Smith Kline Beecham * South West Ailliness * Texaco * Textron * Time warner * US Standard Health Care * US Army, Navy & Airforce * Whirlpool * Xerox * 911 Operators

"समय-समय पर कोई न कोई ऐसी पुस्तक आती है, जो भविष्य के सुख का दरवाज़ा खोल देती है। *हू मूव्ड माई चीज़?* का मुझ पर ऐसा ही असर पड़ा। स्पेंसर जॉनसन ने मेरे आसपास हो रहे ऐसे परिवर्तनों के बारे में मेरी आँखें खोल दीं, जिन्हें मैं अब तक पहचान नहीं पा रहा था। नयी सदी के लिये यह पुस्तक पढ़ना अनिवार्य है।"

डेविड ए. हीनन, बोर्ड सदस्य
पीटर एफ़ ड्रकर ग्रेजुएट मैनेजमेंट सेंटर

"सभी यह मानते हैं कि उनके नौकरी-धंधे में परिवर्तन होते रहते हैं, परंतु सच तो यह है कि हममें से बहुत कम लोग अपने जीवन में बदलाव की आशा करते हैं या उसे स्वीकार करते हैं। *हू मूव्ड माई चीज़?* हम सबके लिये आसानी से समझ में आने वाला एक ऐसा नक्शा है, जिसकी मदद से हम परिवर्तन को लेकर अपनी व्यक्तिगत परिस्थितियों का सामना कर सकते हैं।"

माइकल मोर्ले, सीनियर वाइस प्रेसिडेन्ट
ईस्टमेन कोडक

"मेरी कल्पना में यह तस्वीर खिंच आती है कि मै गर्म अलाव के सामने बैठकर अपने बच्चों और नाती-पोतों को यह अद्भुत कहानी सुना रहा हूँ और वे इन महत्वपूर्ण पृष्ठों में दिये हुये सबक सीख रहे हैं।"

लेफ्टिनेंट कर्नल वेन वॉशर
एरोनॉटिकल साइन्स सेंटर, राइट पैटरसन ए एफ बी

"जैसे ही मैंने *हू मूव्ड माई चीज़?* पढ़ना खत्म किया; मैंने अपने तकनीकी विभाग के निदेशकों के लिये इसकी प्रतियों का आर्डर दे दिया ताकि हमारे सामने मौजूद परिवर्तनों - टीम के परिवर्तन से लेकर नये बाजार विकसित करने तक - का सामना करने में उनका सहयोग मिल सके। मुझे आशा है कि वे अपने साथ काम करने वाले लोगों के लिये ऐसा ही करेंगे।"

जोआन बैंक्स, परफॉर्मेंस इफ़ेक्टिवनेस विशेषज्ञ
व्हर्लपूल कॉर्पोरेशन

"डॉ. जॉनसन की बाकी पुस्तकों की ही तरह *हू मूव्ड माई चीज़?* भी ज़िंदगी की ऐसी आसान सच्चाइयों से भरी हुई है, जिन्हें समझना आसान है। हम

अपने विश्वविद्यालय की पढ़ाई में *चीज़* के प्रतीक का इस्तेमाल कर रहे हैं और घर पर भी इसका मज़ा इस तरह ले रहे हैं कि हम एक दूसरे को *चीज़* के साथ-साथ आगे बढ़ने की चुनौती देते हैं।"

कैथी क्लीवलैंड बुल, डायरेक्टर ऑफ ट्रेनिंग
ओहियो स्टेट युनिवर्सिटी

"*हू मूव्ड माई चीज़?* ने मेरी ज़िन्दगी बदल दी। इसने सचमुच मेरा कैरियर बचा लिया और उन नये क्षेत्रों में मुझे सफलता दिलाई, जिसके मैंने केवल सपने देखे थे।"

चार्ली जोन्स, हॉल ऑफ फेम स्पोर्टकास्टर
एन बी सी टेलिविज़न

"मुझे यह पता चला कि हमारे बोर्ड ने कंपनी को बेचने का अप्रत्याशित फैसला लिया है। नौकरी छूटने के डर से मैं तनावग्रस्त था और खुद के दुर्भाग्य को कोस रहा था। तभी मैंने *हू मूव्ड माई चीज़?*" पढ़ी। इस पुस्तक का संदेश पढ़कर मुझे बिजली का झटका सा लगा। मैंने जल्दी ही इस बात पर गुस्सा होना छोड़ दिया कि परिस्थिति अन्यायपूर्ण या अनुचित है। इसकी जगह मैं आत्मविश्वास से भर गया और मुझे 'नये चीज़' को खोजने की प्रेरणा मिली।"

माइकल कार्लसन, प्रेसिडेन्ट
एडिसन प्लास्टिक्स

"इस क्लासिक पुस्तक को पढ़ने के बाद संगठनों में काम करने वाले लोग *हू मूव्ड माई चीज़?*, भूलभुलैया, हेम और हॉ के बारे में बहुत बातें करेंगे। डॉ. जॉनसन के आकर्षक रूपक और रोचक भाषा हमें परिवर्तन का सामना करने का एक पुरज़ोर और यादगार तरीका सिखाते हैं।"

अल्बर्ट ज़े साइमॉन, प्रेसिडेन्ट
रॉशेस्टर इन्स्टिट्यूट ऑफ टेक्नोलॉजी

"मैं यह पुस्तक अपने सहकर्मियों और दोस्तों में इसलिये बाँट रही हूँ, क्योंकि स्पेंसर जॉनसन की रोचक कहानी और गहरी समझ इसे एक दुर्लभ पुस्तक

बनाती है। हर ऐसे आदमी को यह पुस्तक तत्काल पढ़ना और समझना चाहिये, जो बदलते समय में कुछ बेहतर करना चाहता है।"

रेंडी हैरिस, पूर्व वाइस-चेयरमैन
मेरिल लिंच इंटरनेशनल

"हममें से हर एक कभी न कभी इस नतीजे पर जरूर पहुँचता है कि हमारा 'चीज़' हटा लिया गया है। यह अद्भुत पुस्तक किसी भी ऐसे व्यक्ति या समूह के लिये फायदेमंद होगी, जो परिवर्तन की जरूरत को पहचानने के लिये और उसका सफलतापूर्वक सामना करने के लिये इसके सिद्धांतों का इस्तेमाल करता है।"

जॉन ए. लोपिआनो, सीनियर वाइस प्रसिडेन्ट
ज़ेरॉक्स डॉक्युमेंट कम्पनी

"मैं इस पुस्तक की बहुत सी प्रतियाँ खदीदता रहता हूँ, क्योंकि मेरी समझ से यह एक अद्भुत कथा है और परिवर्तन से गुज़र रहे व्यक्तियों को प्रेरित करने का बेहतरीन तरीका है। यह मेरे द्वारा पढ़ी गयी ऐसी पहली व्यावसायिक पुस्तक है, जिसे मैं बार-बार पढ़ना चाहता हूँ और मैं नियमित रूप से अपनी चर्चाओं में अपने स्टाफ, दोस्तों और ग्राहकों को इसे पढ़ने की सलाह देता हूँ।"

ब्रूस क्रेगर, सीनियर वी पी
ओशेनियरिंग इंटरनेशनल इन्क

"जब से हमने 'चीज़' कथा पढ़ी है, तब से मैं और मेरा स्टाफ हमारे सामने आ रहे परिवर्तनों को इस तरह से देखने लगे हैं कि केवल 'हमारा चीज़ हटा लिया गया है।' इससे हमें जल्दी बदलने में और नये मौकों को रोमांचक अनुभवों के रूप में देखने में मदद मिलती है।"

टॉपर लॉग, डिवीज़न प्रेसिडेन्ट
टेक्स्ट्रॉन

"*हू मूव्ड माई चीज़?* हमारे पूरे प्रशिक्षण में इस्तेमाल की जायेगी, क्योंकि यह एक ऐसी भाषा की रचना करती है, जिसके द्वारा खतरे और परिवर्तन के बारे में रोचकता से विचार किया जा सके। संदेश स्पष्ट है और इस पुस्तक के पात्र सभी व्यवसायों में पाये जा सकते हैं।"

सैडली ग्रम्बल्स
बेलसाउथ

मेरा चीज़ किसने हटाया?

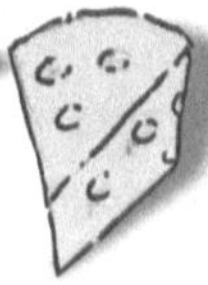

आपके काम और आपकी ज़िंदगी में होने वाले
परिवर्तनों का सामना कैसे करें!

डॉ. स्पेंसर जॉनसन, एम. डी.

अनुवाद : डॉ. सुधीर दीक्षित

मंजुल पब्लिशिंग हाउस

मेरे मित्र डॉ. केनेथ ब्लैंचर्ड को समर्पित।
इस कहानी के लिए उनके उत्साह ने मुझे यह पुस्तक लिखने की प्रेरणा दी,
और उन्हीं के सहयोग से यह पुस्तक सबके सामने आ सकी।

मंजुल पब्लिशिंग हाउस

कॉरपोरेट एवं संपादकीय कार्यालय

• द्वितीय तल, उषा प्रीत कॉम्प्लेक्स, 42 मालवीय नगर, भोपाल-462 003

विक्रय एवं विपणन कार्यालय

• सी-16, सेक्टर 3, नोएडा, उत्तर प्रदेश - 201301, इंडिया

वेबसाइट : www.manjulindia.com

वितरण केन्द्र

अहमदाबाद, बेंगलुरू, भोपाल, कोलकाता, चेन्नई,
हैदराबाद, मुम्बई, नई दिल्ली, पुणे

स्पेंसर जॉनसन द्वारा लिखित अंतरराष्ट्रीय बेस्टसेलर
हू मूव्ड माय चीज़ का हिन्दी अनुवाद
Who Moved My Cheese? by Dr. Spencer Johnson – Hindi Edition

यह हिन्दी संस्करण 2002 में पहली बार प्रकाशित
20वीं आवृत्ति 2022

कॉपीराइट © 1998 डॉ. स्पेंसर जॉनसन, एम.डी.

यह संस्करण जी.पी. पटनम्स सन्स
[पेंगुइन ग्रुप (यू.एस.ए.) इंक.] के सहयोग से प्रकाशित

ISBN   978-81-86775-17-2

हिन्दी अनुवाद : डॉ. सुधीर दीक्षित

मुद्रण व जिल्दसाज़ी : थॉमसन प्रेस (इंडिया) लिमिटेड

चूहों और आदमियों की
सर्वश्रेष्ठ योजनायें भी
अक़्सर राह भटक जाती हैं।

रॉबर्ट बर्न्स
1759-1796

———————

'जीवन कोई सीधा या आसान गलियारा नहीं है,
जिसमें हम उन्मुक्तता से बिना रुके हुये चले जायें,
बल्कि गलियारों की एक भूलभुलैया है,
जिसमें हमें अपना मार्ग खोजना पड़ता है,
कई बार हम भटक जाते हैं, दुविधा में होते हैं,
और अंधी गली में रुक जाते हैं।

परंतु हमेशा, यदि हममें आस्था है,
ईश्वर हमारे लिये द्वार खोल देगा,
शायद वह द्वार नहीं, जिसके खुलने की
हमने कल्पना की थी,
परंतु वह द्वार जो हमारे लिये अंततः
अच्छा सिद्ध होगा।'

ए.जे. क्रोनिन

प्रकाशक की टिप्पणी

हमें बहुत ख़ुशी है कि हम विश्व की नंबर वन बेस्टसेलर *हू मूव्ड माई चीज़?* का हिन्दी अनुवाद पहली बार प्रस्तुत कर रहे हैं। हमें आशा ही नहीं विश्वास है कि इस अनुवाद से ऐसे बहुत से हिन्दी भाषी लोगों को लाभ होगा, जो इस प्रसिद्ध पुस्तक को इसकी मूल भाषा अंग्रेज़ी में नहीं पढ़ पाते। आधुनिक युग में इस पुस्तक को क्लासिक का दर्जा मिल चुका है और इसलिये हर महत्वाकांक्षी व्यक्ति के लिये यह फायदेमंद साबित होगी।

स्पेंसर जॉनसन के बेस्टसेलर में *चीज़* एक महत्वपूर्ण प्रतीक है और इसलिये अनुवाद में हमने इसे नहीं बदला है। पश्चिम में *चीज़* संपूर्ण भोजन का प्रतीक है, जिसमें स्वाद भी है, और पोषण भी। *चीज़* वहाँ पर भोजन का अनिवार्य हिस्सा है, जिसके बिना काम चलना मुश्किल होता है। हालांकि भारतीय परिवेश में 'चीज़' का अनुवाद 'पनीर' या 'विलायती पनीर' किया जा सकता था, परंतु यह सटीक अनुवाद नहीं होता। *चीज़* और 'पनीर' लगभग समान होते हुये भी पर्यायवाची नहीं हैं, क्योंकि भारतीय पारंपरिक परिप्रेक्ष्य में *चीज़* उसी तरह विदेश से आयातित है, जैसे कूलर या रेफ्रिजरेटर जबकि 'पनीर' एक भारतीय चीज़ है। उर्दू में *चीज़* का अर्थ 'वस्तु' होता है, इसलिये पाठकों की सुविधा के लिये इस पुस्तक में उर्दू शब्द 'चीज़' का प्रयोग कहीं भी नहीं किया गया है। उर्दू शब्द चीज़ स्त्रीलिंग है, जबकि अंग्रेज़ी शब्द *चीज़* का प्रयोग पुल्लिंग के रूप में किया गया है, ताकि पाठकों को समझने में आसानी रहे।

मेरा 'चीज़' किसने हटाया?
विषय-सूची

हम सब के हिस्से

सरल और जटिल

इस कहानी में आने वाले चार काल्पनिक पात्र –

चूहे : 'स्निफ' व 'स्करी' और छोटे लोग : 'हेम' व 'हॉ' उम्र, लिंग, जाति या राष्ट्रीयता से परे हम सभी के अन्दर छुपे सरल और जटिल हिस्सों के प्रतिनिधि हैं।

कभी हम *'स्निफ'* की हरकत में आ जाते हैं और होने वाले बदलाव को पहले ही से सूंघ लेते हैं, तो कभी हम *'स्करी'* की मानिंद फुर्ती से अपनी लय में आ जाते हैं।

कभी हम *'हेम'* हो जाते हैं और बदलाव को नकारते हैं, उसका विरोध करते हैं, क्योंकि हमें यह डर सताता है कि इससे हमारा कुछ बुरा न हो जाये।

और कभी हम *'हॉ'* की तरह समय रहते सीख जाते हैं, जो ताड़ लेता है कि परिवर्तन कुछ बेहतर की ओर ही ले जाने वाला है।

हम चाहे जिस हिस्से को अपने व्यवहार में लायें, हम सब इनमें से किसी न किसी पात्र की तरह तो हैं ही। और हम सभी का मकसद एक ही है।

भूलभुलैया में अपनी राह तय करने और बदलते वक्त में कामयाब होने की जरूरत।

कहानी के पीछे की कहानी

● केनेथ ब्लेंचार्ड, पी.एच.डी. द्वारा

मेरा 'चीज़' किसने हटाया? की 'कहानी के पीछे की कहानी' बताने में मैं रोमांच का अनुभव कर रहा हूँ। इसलिये क्योंकि यह पुस्तक अब लिखी जा चुकी है और यह हम सबके पढ़ने, खुश होने और एक दूसरे के साथ बाँटने के लिये तैयार है।

इसका इंतज़ार में तब से कर रहा था, जब मैंने पहली बार स्पेंसर जॉनसन के मुँह से चीज़ की क्रांतिकारी कहानी सुनी थी। यह बरसों पहले की बात है। जब हमने इकट्ठे *द वन मिनट मैनेजर* लिखी थी, उससे भी पहले की।

मुझे याद है उसी वक्त मेरे दिल में यह खयाल आया था कि यह कहानी कितनी बढ़िया है और आगे चल कर यह मेरे कितने काम आयेगी।

मेरा *चीज़* किसने हटाया?

"मेरा 'चीज़' किसने हटाया?" परिवर्तन की कहानी है। यह परिवर्तन एक भूलभुलैया में घटित होता है, जहाँ चार मज़ेदार पात्र *चीज़* की खोज कर रहे हैं। *चीज़* उस वस्तु का प्रतीक है, जिसे हम जीवन में हासिल करना चाहते हैं : चाहे वह नौकरी हो, प्यार हो, दौलत, बड़ा घर, आज़ादी, स्वास्थ्य, मान-सम्मान, आध्यात्मिक शांति या जॉगिंग या गोल्फ की तरह की कोई दूसरी वस्तु हो।

हमारा *चीज़* क्या है; इस बारे में हममें से हर एक का अपना विचार होता है। हम *चीज़* का पीछा इसलिये करते हैं, क्योंकि हमें यह भरोसा होता है कि इसे हासिल करने के बाद हम सुखी हो जायेंगे। अगर हम *चीज़* को हासिल कर लेते हैं तो हमें इसकी आदत पड़ जाती है। इसीलिये जब हम इसे खो देते हैं या यह हमसे दूर हो जाता है तो हमें बहुत दुख होता है।

कहानी में भूलभुलैया उस जगह का प्रतीक है, जहाँ आप अपनी मनचाही वस्तु की तलाश करते हैं। यह वह ऑफिस हो सकता है, जिसमें आप काम करते हैं, वह समाज जिसमें आप रहते हैं या वह संबंध जो आपने बनाये हैं।

मैं आपको बता दूँ कि जो *'चीज़'*-कथा आप पढ़ने जा रहे हैं, सारी दुनिया में अपने भाषणों में मैं इसका ज़िक्र करता रहता हूँ और बाद में अक्सर लोग मुझे यह बताते हैं कि इससे उनकी ज़िंदगी में कितना बड़ा बदलाव आया।

आप मानें या न मानें, इस छोटी सी कहानी ने कई नौकरियां, शादियां और ज़िंदगियां बचायी हैं।

असली ज़िन्दगी के कई उदाहरणों में से एक चार्ली जोन्स का है, जो एन बी सी-टी वी के माने हुये ब्रॉडकास्टर हैं। उसका कहना

है कि *"मेरा 'चीज़' किसने हटाया?"* की कहानी सुनने से उसका कैरियर बच गया। एक ब्रॉडकास्टर का काम ज़रा अलग है फिर भी जो सिद्धांत उसने सीखे हैं, उन्हें दूसरे लोग भी आज़मा सकते हैं।

हुआ यह कि चार्ली ने पहले ओलंपिक खेलों में *ट्रैक एंड फील्ड* खेलों के प्रसारण में बहुत मेहनत की थी और उसका कवरेज सफल माना गया था। इसलिये जब उसके बॉस ने उसे बताया कि उसे अगले ओलंपिक के लिये इन खेलों से हटाकर तैराकी और गोताखोरी का कवरेज दिया गया है, तो वह आश्चर्यचकित और विचलित हो गया।

वह इन खेलों के बारे में अच्छी तरह नहीं जानता था, इसलिये वह मायूस हो गया। उसे लगा कि उसकी कोई कद्र नहीं है और यह सोचकर वह गुस्सा हो गया। उसे लगा कि यह अन्याय है। उसके गुस्से ने उसके हर काम को बिगाड़ना शुरू कर दिया।

फिर उसने *"मेरा 'चीज़' किसने हटाया?"* की कहानी सुनी।

इसके बाद वह खुद पर हँसा और उसने अपनी सोच बदल डाली। उसे महसूस हुआ कि उसके बॉस ने तो बस "उसका 'चीज़' हटा दिया था।" इसलिये उसने खुद को परिस्थिति के हिसाब से ढाल लिया। उसने इन दोनों नये खेलों को सीखा और इस दौरान उसने यह पाया कि नया काम सीखने से वह ज़्यादा जवान महसूस कर रहा है।

उसकी इस नयी सोच और जोश का उसके बॉस पर असर हुआ और जल्दी ही उसे बेहतर काम मिलते चले गये। वह पहले के मुकाबले अधिक सफल हो गया और बाद में उसे प्रो फुटबॉल्स हॉल ऑफ फेम – 'ब्रॉडकास्टर्स एली' में शामिल किया गया।

उनके ऑफिस के काम से लेकर उनके प्रेम-प्रसंगों तक, लोगों पर इस कहानी का कितना गहरा असर हुआ है, यह उन बहुत सी असली कहानियों में से एक है।

"मेरा 'चीज़' किसने हटाया?" की ताकत पर मुझे इतना भरोसा है कि मैंने कुछ समय पहले हमारी कंपनी में काम करने वाले हर व्यक्ति (200 से अधिक लोगों) को प्रकाशन-पूर्व संस्करण की एक प्रति दी। क्यों?

क्योंकि हर उस कंपनी की तरह जो भविष्य में न केवल बचे रहना चाहती है, बल्कि कामयाब भी होना चाहती है, 'ब्लेंचार्ड ट्रेनिंग एंड डेव्लप्मेंट' भी लगातार बदल रही है। वे हमारे *चीज़* को हटाते रहते हैं। पुराने ज़माने में हमें वफादार कर्मचारियों की ज़रूरत थी, परंतु आज हमें ऐसे लचीले व्यक्ति चाहिये, जो यहीं के होकर न रह जायें।

फिर भी, जैसा कि आप जानते हैं, लगातार बदलते माहौल में रहना तनावपूर्ण भी होता है और मुश्किल भी, जब तक कि लोगों के पास परिवर्तन को देखने का वह नज़रिया न हो, जिसके सहारे वे इसे समझ सकें। इसके लिए *चीज़* की कहानी सुनें।

जब मैंने लोगों को इस कहानी के बारे में बताया और फिर उन्होंने *"मेरा 'चीज़' किसने हटाया"* किताब को पढ़ा, तो उन्हें तत्काल ऐसा लगा, जैसे उनकी नकारात्मक ऊर्जा मुक्त हो रही है। हर डिपार्टमेंट से एक के बाद एक कर्मचारी आया और मुझे किताब के लिये धन्यवाद दिया। उन्होंने मुझे बताया कि इस किताब की मदद से वे हमारी कंपनी में हो रहे परिवर्तनों को एक अलग नज़रिये से देख पाये हैं। आप मेरा यकीन कीजिये, इस छोटी सी

नीति-कथा को पढ़ने में बहुत कम समय लगता है, पर इसका असर बहुत गहरा हो सकता है।

जब आप पन्ने पलटेंगे तो आपको इस किताब में तीन खंड मिलेंगे। पहला खंड 'पुनर्मिलन' में पुराने सहपाठी एक कक्षा पुनर्मिलन में चर्चा कर रहे हैं कि उनकी ज़िंदगी में हो रहे परिवर्तनों का सामना किस तरह से किया जाये। दूसरा खंड है 'मेरा *चीज़* किसने हटाया?' की कहानी', जो इस पुस्तक का निचोड़ है। तीसरा खंड 'एक चर्चा' में लोग बातचीत करते हैं कि उनके लिये 'कहानी' का क्या मतलब है और वे किस तरह अपने ऑफिस और ज़िंदगी में इसका इस्तेमाल कर सकते हैं।

इस पुस्तक की पूर्व-पांडुलिपि पढ़ने वाले कुछ पाठकों की राय में 'कहानी' के आखिर में ही रुक जाना बेहतर था। आगे पढ़ना उन्हें इसलिये महत्वपूर्ण नहीं लगा, क्योंकि वे इसके अर्थ को खुद के लिये समझना चाहते थे। कई लोगों को कहानी के बाद वाले खंड 'चर्चा' को पढ़ने में मज़ा आया, क्योंकि इससे उनके चिंतन को यह प्रेरणा मिली कि वे किस तरह अपनी परिस्थितियों में इसे बेहतर तरीके से काम में ला सकते हैं।

हालात जैसे भी हों, मुझे आशा है कि हर बार जब आप *मेरा 'चीज़' किसने हटाया?* को दोबारा पढ़ेंगे तो मेरी ही तरह आपको भी हर बार इसमें कुछ नया और उपयोगी संदेश मिलेगा। यह संदेश परिवर्तन का सामना करने में आपकी मदद करेगा और आपको सफलता दिलायेगा, चाहे आप अपनी सफलता किसी भी क्षेत्र में मानें।

मेरा *चीज़* किसने हटाया?

मुझे आशा है कि आप जो भी पायेंगे, आप उससे खुश होंगे और मेरी शुभकामनायें आपके साथ हैं। याद रखें : *चीज़* के साथ आगे बढ़ते रहें।

Ken Blanchard
San Diego 1998

मेरा चीज़ किसने हटाया?

पुनर्मिलन

● शिकागो

रविवार का सुहाना दिन था। शिकागो में कई पुराने सहपाठी लंच के लिये इकट्ठे हुये थे। इन सभी ने पिछली रात को हाई स्कूल पुनर्मिलन कार्यक्रम में भाग लिया था। वे ठीक से जानना चाहते थे कि एक दूसरे की ज़िंदगी में क्या हो रहा था। कुछ समय मज़ाक में बिताने और डट कर भोजन करने के बाद उनमें एक रोचक चर्चा छिड़ गई।

एन्जेला कक्षा में बहुत लोकप्रिय थी। उसने कहा, "जब हम स्कूल में थे तब जैसा मैंने सोचा था, ज़िंदगी उससे बिलकुल अलग ही निकली। बहुत कुछ बदल चुका है।"

"बिल्कुल," नैथन ने दोहराया। वे जानते थे कि नैथन अपने पुश्तैनी व्यवसाय में चला गया है और उसका बिज़नेस एक ही ढर्रे पर चल रहा है और जब से वे देख रहे हैं कि वह स्थानीय

समुदाय का एक हिस्सा बना हुआ है। इसलिये वे हैरान थे, जब वह भी परिवर्तन को लेकर परेशान नज़र आया। उसने पूछा, "पर क्या आपने कभी इस बात पर गौर किया है कि जब हालात बदलते हैं, तब भी हम नहीं बदलना चाहते?"

कार्लोस ने कहा, "मुझे लगता है हम इसलिये नहीं बदलना चाहते, क्योंकि हम परिवर्तन से डरते हैं।"

"कार्लोस, तुम तो फुटबॉल टीम के कप्तान थे," जेसिका ने कहा। "मैंने कभी सोचा भी नहीं था कि तुम्हारे मुँह से डर की बात निकल सकती है।"

वे सभी हँसने लगे, जब उन्हें यह महसूस हुआ कि हालांकि वे अलग-अलग दिशाओं में गये थे - घर पर काम करने से लेकर कंपनियों के मैनेजमेंट तक - परंतु उनकी भावनायें एक-सी थीं।

हर आदमी अपनी ज़िंदगी में अचानक आये परिवर्तनों से जूझने की कोशिश कर रहा था और ज़्यादातर लोगों ने यह माना कि वे इन परिवर्तनों से निपटने का कोई अच्छा तरीका नहीं जानते थे।

फिर माइकल ने कहा, "मुझे परिवर्तन से डर लगता था। जब हमारे बिज़नेस में एक बड़ा बदलाव आया तो हमें समझ में ही नहीं आया कि हम क्या करें। इसलिये हमने खुद को ज़रा भी नहीं बदला और इस वजह से हमारा पूरा बिज़नेस लगभग चौपट ही हो गया था।"

"यानी," उसने आगे कहा, "जब तक कि मैंने वह मज़ेदार कहानी नहीं सुनी थी, जिसने सब कुछ बदल दिया।"

"कैसे... कैसे?" नैथन ने पूछा।

"इस कहानी ने परिवर्तन को देखने के मेरे नज़रिये को बदल दिया और उसके बाद, हालात तेज़ी से सुधरते गये – कंपनी में भी और मेरी ज़िंदगी में भी।"

"फिर मैंने अपनी कंपनी के कई लोगों को यह कहानी सुनायी और उन्होंने दूसरों को; और जल्दी ही हमारा बिज़नेस सुधर गया, क्योंकि हम सभी परिवर्तन के साथ खुद को ढाल रहे थे। और मेरी ही तरह कई लोगों का यह कहना है कि इसने उनके निजी जीवन में भी उनकी मदद की।"

"कहानी क्या है?" एन्जेला ने पूछा।

"इसका नाम है 'मेरा *चीज़* किसने हटाया'?"

सभी लोग हँसने लगे। "मुझे लगता है, मैं अभी से इसे पसंद करने लगा हूँ," कार्लोस ने कहा। "क्या तुम हमें यह कहानी सुनाओगे?"

"क्यों नहीं," माइकल ने जवाब दिया। "मुझे खुशी होगी – इसमें ज़्यादा समय भी नहीं लगेगा।" और फिर उसने कहानी सुनाना शुरू कर दिया :

कहानी

बहुत पहले की बात है, दूर किसी देश में चार छोटे पात्र रहते थे। यह पात्र एक भूलभुलैया में *चीज़* की खोज में इधर-उधर भागते रहते थे ताकि उनका पेट भर सके और वे खुश रह सकें।

दो पात्र चूहे थे, जिनका नाम स्निफ और स्करी था और दो छोटे लोग थे – ऐसे लोग जो थे तो चूहों की तरह ही छोटे, पर उनकी हरकतें आजकल के आदमियों जैसी थीं। उनके नाम हेम और हॉ थे।

उनके छोटे आकार के कारण यह आसान नहीं था कि उनकी हरकतें आपको नज़र आ जायें। मगर करीब से देखने पर आप बहुत सी अनोखी बातें देख सकते थे।

हर रोज़ चूहे और छोटे लोग भूलभुलैया में दिन भर अपने खास *चीज़* को ढूंढते रहते थे।

स्निफ और स्करी नाम के इन चूहों में दिमाग तो कम था पर उनकी सहज बुद्धि बड़ी पैनी थी। वे अपने कुतरने के लिये कड़क *चीज़* ढूंढ रहे थे, जैसा चूहों को अक्सर पसंद होता है।

दोनों छोटे लोग, हेम और हॉ, एक बहुत बढ़िया किस्म के *चीज़* को ढूंढना चाहते थे। उन्हें भरोसा था कि *चीज़* मिल जाने पर उनकी ज़िंदगी सफल हो जायेगी। चीज़ *ढूंढने* के लिये उन्होंने अपने दिमाग का इस्तेमाल किया, जिसमें कई विश्वास भरे हुये थे।

हालांकि चूहों और छोटे लोगों में बहुत से अंतर थे, पर उनमें एक बात एक जैसी थी : हर सुबह वे अपने जॉगिंग सूट और दौड़ने के जूते पहनते थे, अपने छोटे घरों से बाहर निकलते थे और अपने पसंदीदा *चीज़* की तलाश में भूलभुलैया में दौड़-धूप करते थे।

भूलभुलैया में अनगिनत गलियारे और कमरे थे, जिनमें से कुछ में स्वादिष्ट *चीज़* रखा हुआ था। परंतु वहाँ कई अंधेरे कोने और बंद गलियाँ भी थीं, जो कहीं भी नहीं जाती थीं। यह इस तरह की जगह थी, जिसमें कोई भी आसानी से गुम हो सकता था।

फिर भी, जो लोग इसमें अपना रास्ता ढूंढ लेते थे, उनके लिये भूलभुलैया में कई ऐसे रहस्य भी थे, जो ज़िंदगी को बेहतर और ज़्यादा सुखद बना सकते थे।

दोनों चूहों, स्निफ और स्करी ने *चीज़* ढूंढने के लिये आसान, परंतु कम कारगर "प्रयास-और-भूल" (Trial and Error) तरकीब का सहारा लिया। वे एक गलियारे में दौड़ते थे और अगर वह खाली दिखता था, तो वे पलट कर दूसरे गलियारे में दौड़ लगाने लगते थे।

मेरा *चीज़* किसने हटाया?

स्निफ अपनी तेज़ नाक से *चीज़* की गंध का अंदाजा लगाता था और स्करी फुर्ती से आगे-आगे दौड़ पड़ता था। जैसा कि आप समझ सकते हैं, वे कई बार भूलभुलैया में गुम हो गये, रास्ता भटक गये, गलत दिशा में चले गये और अक्सर दीवारों से टकराये भी।

दूसरी तरफ दोनों छोटे लोग हेम और हॉ, ने एक अलग तरकीब का सहारा लिया। इस तरकीब की जड़ में दो खास बातें थीं – सोचने की उनकी काबिलियत और पुराने अनुभवों से सीखने की उनकी क्षमता। वे कई बार अपने विश्वासों और भावनाओं के कारण विचलित तो हुये।

परन्तु आखिरकार अपनी-अपनी तरकीब से उन सभी ने वह वस्तु ढूंढ ही ली, जिसकी उन्हें तलाश थी – एक दिन उन सभी को *चीज़* स्टेशन 'सी' में खत्म होने वाले गलियारों में अपने खास किस्म का *चीज़* मिल ही गया।

उसके बाद हर सुबह चूहे और छोटे लोग अपने-अपने जॉगिंग सूट में चीज़ स्टेशन 'सी' में पहुँच जाते थे। कुछ समय बाद उन्होंने अपनी दिनचर्या तय कर ली।

स्निफ और स्करी हर रोज़ जल्दी उठते थे और भूलभुलैया में दौड़ लगाते थे, पर वे हमेशा एक ही रास्ते पर चला करते थे।

अपनी मंज़िल पर पहुँचकर चूहे अपने जूते उतार लेते थे, उनके फीते आपस में बांधकर उन्हें अपनी गर्दन में लटका लेते थे – ताकि ज़रूरत पड़ने पर जल्दी से उन्हें पहन सकें। इसके बाद वे अपने *चीज़* का मज़ा लेते थे।

मेरा *चीज़* किसने हटाया?

शुरुआत में हेम और हॉ भी हर रोज़ *चीज़* स्टेशन 'सी' की तरफ सुबह-सुबह दौड़ लगाते थे ताकि वे उन स्वादिष्ट नये निवालों का स्वाद ले सकें, जो वहाँ उनका इंतज़ार कर रहे थे।

परंतु कुछ समय के बाद, छोटे लोगों की दिनचर्या बदल गयी।

हेम और हॉ थोड़ी देर से उठने लगे, कपड़े पहनने में ज़्यादा समय लगाने लगे और *चीज़* स्टेशन 'सी' की तरफ धीमे कदमों से चलने लगे। आखिरकार वे जानते थे कि *चीज़* कहाँ है और वहाँ तक किस रास्ते से पहुँचा जाता है।

उन्हें बिलकुल भी पता नहीं था कि *चीज़* कहाँ से आया है या इसे वहाँ किसने रखा है। उन्होंने केवल यह मान लिया था कि *चीज़* वहाँ हमेशा बना रहेगा।

जैसे ही हेम और हॉ हर सुबह *चीज़* स्टेशन 'सी' पर पहुँचते थे, वे इत्मीनान से वहाँ डेरा जमा लेते थे, जैसे यह उन्हीं का घर हो। वे अपने जॉगिंग सूट लटका देते थे, अपने दौड़ने के जूतों को दूर फेंक देते थे और अपनी स्लिपर्स पहन लेते थे। अब जबकि उन्हें *चीज़* मिल गया था, वे बहुत आरामतलब होते जा रहे थे।

"यह बहुत बढ़िया है," हेम ने कहा। "यहाँ पर इतना सारा *चीज़* है कि इससे हमारी ज़िंदगी गुज़र जायेगी।" छोटे लोग खुश और सफल महसूस कर रहे थे और उन्हें लग रहा था कि अब वे सुरक्षित हैं।

कुछ समय बाद हेम और हॉ *चीज़* स्टेशन 'सी' में रखे *चीज़* को अपना *चीज़* समझने लगे। यहाँ *चीज़* इतना ज़्यादा था कि

उन्होंने अपने घर भी पास ही में बना लिये और इसके चारों तरफ अपनी सामाजिक ज़िंदगी का खाका खींच लिया।

यहाँ पर ज़्यादा घरेलू माहौल बनाने के लिये हेम और हॉ ने दीवारों को कहावतों से सजाना चालू कर दिया। उन्होंने कहावतों के चारों तरफ *चीज़* का चित्र भी बना दिया, जिसे देखकर वे मुस्कराने लगते थे। एक कहावत यह थी :

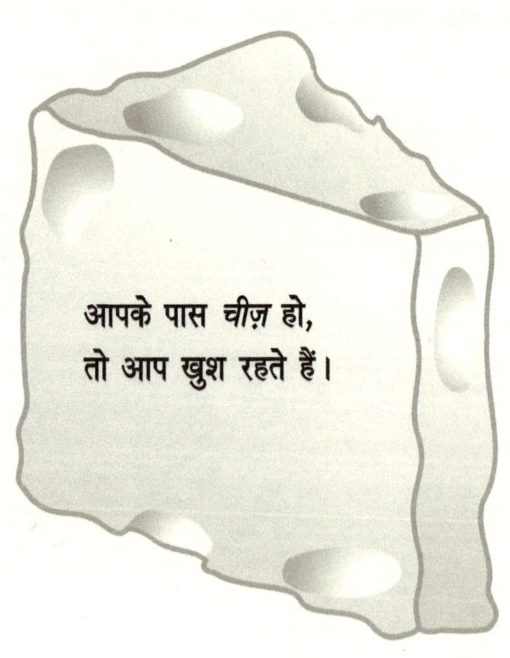

आपके पास चीज़ हो,
तो आप खुश रहते हैं।

कई बार हेम और हॉ अपने दोस्तों को *चीज़* स्टेशन 'सी' में ले जाते थे और उन्हें *चीज़* का ढेर दिखाकर घमण्ड से कहते थे, "कितना बढ़िया *चीज़* है, है ना?" कई बार वे अपने दोस्तों को *चीज़* खिलाते थे और कई बार वे ऐसा नहीं करते थे।

"हमें यह *चीज़* मिलना ही चाहिये था, हम इसके काबिल हैं," हेम ने कहा। "निश्चित रूप से हमने इसे ढूंढने के लिये बहुत लंबे समय तक कड़ी मेहनत की है।" उसने *चीज़* का एक सुंदर ताज़ा टुकड़ा उठा कर खाते हुये कहा।

उसके बाद हेम सो गया, जैसा कि वह अक्सर करता था।

हर रात को छोटे लोग भरपेट चीज़ खाकर अपने घर लौटते थे, और हर सुबह वे और ज़्यादा चीज़ खाने के लिये भरोसे के साथ वापस *चीज़* स्टेशन 'सी' पहुँच जाते थे।

यह सिलसिला कुछ समय तक चलता रहा।

कुछ समय के बाद हेम और हॉ का आत्मविश्वास घमण्ड में बदल गया। जल्दी ही वे इतने ज़्यादा आरामतलब हो गये कि उन्हें यह पता ही नहीं चला कि क्या हो रहा था।

समय गुज़रता गया, पर स्निफ और स्करी ने अपनी दिनचर्या को चालू रखा।

हर सुबह वे जल्दी ही आ जाते थे और *चीज़* स्टेशन 'सी' के चारों तरफ चक्कर काटते हुये सूंघते और खरोंचते थे। वे पूरी जगह की जांच करते थे ताकि वे जान सकें कि कल से आज के बीच में कुछ बदला तो नहीं है।

मेरा *चीज़* किसने हटाया?

एक सुबह वे *चीज़* स्टेशन 'सी' पर पहुँचे और उन्होंने देखा कि *चीज़* गायब हो चुका है।

उन्हें हैरानी नहीं हुई। चूँकि स्निफ और स्करी ने यह देख लिया था कि हर दिन *चीज़* की मात्रा कम होती जा रही थी; इसलिये वे इसके लिये तैयार थे। वे अपनी सहज बुद्धि से यह जानते थे कि इस हालत में उन्हें क्या करना चाहिये।

उन्होंने एक दूसरे की तरफ देखा, अपने दौड़ने वाले जूतों को खोला, जिन्हें उन्होंने बांधकर अपने गले में आराम से लटका लिया था। इसके बाद उन्होंने जूतों को अपने पैरों में पहनकर फीते बांध लिये।

चूहों ने स्थिति के विश्लेषण में ज़्यादा वक्त बर्बाद नहीं किया, क्योंकि उनके दिमाग पर जटिल विश्वासों और मान्यताओं का बोझ नहीं लदा था।

चूहों के लिये समस्या और समाधान दोनों ही आसान थे। *चीज़* स्टेशन 'सी' में हालात बदल चुके थे। इसलिये स्निफ और स्करी ने भी खुद को बदलने का फैसला कर लिया।

वे दोनों भूलभुलैया में *चीज़* ढूंढने लगे। स्निफ ने अपनी नाक उठायी, सूंघा और स्करी की तरफ इशारा किया। स्करी ने भूलभुलैया में दौड़ लगा दी और स्निफ भी उसके पीछे-पीछे तेज़ी से दौड़ पड़ा।

नये *चीज़* की तलाश में वे तत्काल ही दौड़ पड़े।

मेरा *चीज़* किसने हटाया?

बाद में उसी दिन, हेम और हॉ *चीज़* स्टेशन 'सी' पहुँचे। वहाँ हर रोज़ हो रहे छोटे-मोटे परिवर्तनों पर वे ध्यान नहीं दे रहे थे। इसलिये वे यह माने बैठे थे कि उनका *चीज़* वहीं होगा।

उन्होंने जो देखा, उसके लिये वे ज़रा भी तैयार नहीं थे।

"क्या! *चीज़* नहीं है!" हेम चीखा। वह चीखता रहा, "*चीज़* नहीं है, *चीज़* नहीं है," जैसे उसकी चीख-पुकार सुनकर कोई *चीज़* को वापस रख देगा।

वह गला फाड़कर चिल्लाया, "मेरा *चीज़* किसने हटाया"

आखिरकार, उसने अपने हाथ अपने पुट्ठों पर रख लिये, उसका चेहरा लाल हो गया और वह अपनी पूरी ताकत से चीखा, "यह अन्याय है!"

हॉ ने सिर्फ अविश्वास में अपना सिर हिलाया। उसे भी चीज़ स्टेशन 'सी' पर *चीज़* मिलने का भरोसा था। वह वहाँ लंबे समय तक बिना हिले-डुले खड़ा रहा। उसे गहरा धक्का लगा था। इस स्थिति के लिये वह बिलकुल भी तैयार नहीं था।

हेम चीखते हुये कह रहा था, पर हॉ उसकी बात नहीं सुनना चाहता था। वह अपने सामने खड़ी समस्या का सामना नहीं करना चाहता था, इसलिये उसने अपनी आँखें और कान बंद कर लिये।

छोटे लोगों का व्यवहार हमें भले ही बहुत अच्छा या रचनात्मक नहीं लग रहा हो, पर उनकी प्रतिक्रिया स्वाभाविक थी।

चीज़ ढूंढना आसान नहीं था और छोटे लोगों के लिये इसका बहुत ज़्यादा महत्व था, क्योंकि उन्हें हर रोज़ ढेर सारा *चीज़* खाने की आदत पड़ गयी थी।

चीज़ ढूंढना छोटे लोगों के लिये वह हासिल करने का तरीका था, जिसे वे अपनी खुशी के लिये ज़रूरी मानते थे। अपनी पसंद के हिसाब से उन्हें पता था कि *चीज़* का उनके लिये क्या मतलब है।

कुछ के लिये *चीज़* हासिल करने का मतलब ऐशो-आराम की वस्तुयें पाना हो सकता है। कई लोगों के लिये यह अच्छी सेहत का लाभ उठाना हो सकता है। कइयों के लिये यह अच्छे होने का आध्यात्मिक अनुभव हासिल करना हो सकता है।

हॉ के लिये *चीज़* का मतलब था; सुरक्षित अनुभव करना - एक दिन छोटा सा - प्यारा सा परिवार होना और चेड्डर लेन के आरामदेह बंगले में रहना।

हेम के लिये *चीज़* अब एक बड़ा *चीज़* बनता जा रहा था, जो उसे बाकी लोगों का बॉस बनायेगा और केमेम्बर्ट हिल पर एक बड़े घर का मालिक भी।

चूँकि *चीज़* उनके लिये महत्वपूर्ण था, इसलिये दोनों छोटे लोगों को यह तय करने में काफी समय लगा कि उन्हें क्या करना चाहिये। उन्हें तो सिर्फ यही पल्ले पड़ा कि *चीज़*-रहित स्टेशन 'सी' के आस-पास का इलाका छान लिया जाये ताकि पता तो चले कि क्या *चीज़* वाकई चला गया है।

हेम और हॉ विलाप चीख-पुकार करने में समय गंवा रहे थे, जबकि स्निफ और स्करी फुर्ती से आगे बढ़ गये थे।

उन्होंने इस जुल्म और अन्याय के खिलाफ काफी चिल्ला-चोट की। हॉ निराश होने लगा। क्या होगा अगर *चीज़* कल भी वहाँ

मेरा *चीज़* किसने हटाया?

नहीं होगा? उसने *चीज़* की बुनियाद पर अपने सुखद भविष्य के सपने संजो लिये थे।

छोटे लोग इस पर भरोसा नहीं कर पा रहे थे। यह किस तरह हुआ होगा? किसी ने उनको चेतावनी नहीं दी थी। यह तो ज़्यादती थी। ऐसा तो नहीं होना चाहिये था।

हेम और हॉ उस रात भूखे और लुटे-पिटे हाल में घर लौटे। परंतु जाने से पहले हॉ ने दीवार पर लिखा :

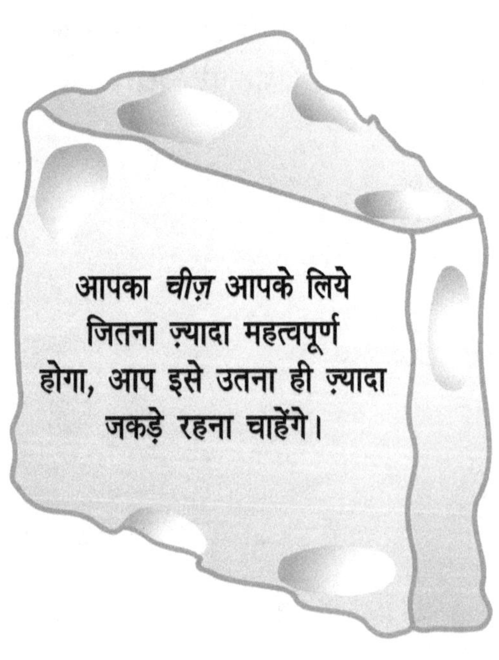

आपका चीज़ आपके लिये
जितना ज़्यादा महत्वपूर्ण
होगा, आप इसे उतना ही ज़्यादा
जकड़े रहना चाहेंगे।

अगले दिन हेम और हॉ अपने-अपने घर से निकले और एक बार फिर *चीज़* स्टेशन 'सी' की तरफ लौटे, जहाँ उन्हें, चाहे किसी तरह ही सही, उनका *'चीज़'* मिलने की उम्मीद थी।

लेकिन हालात ज़रा भी नहीं बदले थे। *चीज़* अब भी वहाँ नहीं था। छोटे लोग समझ नहीं पा रहे थे कि किया क्या जाये। हेम और हॉ पत्थर की मूर्तियों की तरह बिना हिले-डुले वहीं खड़े रहे।

हॉ ने अपनी आँखें कस कर बंद कर लीं और अपने कानों पर हाथ रख लिये। वह कुछ भी देखना-सुनना-समझना नहीं चाहता था। वह यह नहीं जानना चाहता था कि *चीज़* की मात्रा लगातार कम होती जा रही थी। उसे लग रहा था कि *चीज़* एकदम हटा लिया गया था।

हेम ने बार-बार परिस्थिति का विश्लेषण किया। आखिरकार उसका विश्वास तंत्र से भरा हुआ जटिल दिमाग काम करने लगा। "उन्होंने मेरे साथ ऐसा क्यों किया?" उसने पूछा। दरअसल, "यहाँ हो क्या रहा है?"

बहरहाल, हॉ ने अपनी आँखें खोलीं, चारों तरफ देखा और कहा, "वैसे स्निफ और स्करी कहाँ हैं? क्या तुम्हें लगता है कि उन्हें कोई ऐसी बात मालूम है, जो हमें नहीं पता"

हेम ने अपनी नाक सिकोड़ी, "उन्हें क्या मालूम होगा?"

हेम ने आगे कहा, "वे सिर्फ साधारण चूहे हैं। जो होता है, उस पर वे सिर्फ प्रतिक्रिया करते हैं। हम छोटे लोग हैं। हम खास

हैं। हमें स्थिति को ठीक से समझना होगा। और फिर हम बेहतर के काबिल तो हैं ही।"

"हमारे साथ ऐसा नहीं होना चाहिये था और अगर ऐसा होना ही था, तो हमें कम से कम कुछ फायदा तो मिलना ही चाहिये था।"

"हमें फायदा क्यों मिलना चाहिये था?" हॉ ने पूछा।

"क्योंकि हम इसके पात्र हैं", हेम ने दावा किया।

"किसके पात्र?" हॉ जानना चाहता था।

"*चीज़* के।"

"क्यों?" हॉ ने पूछा।

"क्योंकि यह समस्या हमने पैदा नहीं की है," हेम ने कहा, "किसी और ने ऐसा किया है, इसलिये हमें कुछ तो मिलना ही था।"

हॉ ने सुझाव दिया, "शायद हमें स्थिति का इतना ज़्यादा विश्लेषण नहीं करना चाहिये और चल कर नये *चीज़* की तलाश करनी चाहिये।"

"अरे नहीं," हेम ने तर्क दिया। "मैं इस मामले की तह तक पहुँचकर ही दम लूँगा।"

हेम और हॉ अब भी यह तय करने की कोशिश कर रहे थे कि क्या करना चाहिये, जबकि स्निफ और स्करी अपने रास्ते पर काफी आगे पहुँच चुके थे। वे भूलभुलैया में काफी अन्दर तक चले

गये, गलियारों में ऊपर-नीचे, हर *चीज़* स्टेशन में *चीज़* ढूंढते हुये – जहाँ भी उन्हें उसके मिलने की उम्मीद थी।

वे नया *चीज़* ढूंढने के अलावा कुछ भी नहीं सोच रहे थे।

उन्हें कुछ समय तक *चीज़* नहीं मिला, जब तक कि वे भूलभुलैया में एक ऐसी जगह नहीं पहुँच गये, जहाँ वे अब तक कभी नहीं गये थे : *चीज़* स्टेशन 'एन'।

वे खुशी के मारे चिचियाने लगे। उन्हें वह मिल गया था, जिसकी उन्हें तलाश थी : नये *चीज़* का बड़ा सा ढेर।

उन्हें अपनी आँखों पर भरोसा ही नहीं हो रहा था। यह चूहों द्वारा देखा गया *चीज़* का सबसे बड़ा ढेर था।

इस बीच, हेम और हॉ अब भी *चीज़* स्टेशन 'सी' में बैठकर स्थिति की समीक्षा कर रहे थे। अब उन पर *चीज़* न होने के बुरे असर साफ-साफ दिख रहे थे। वे कुंठित थे, गुस्सा हो रहे थे और अपनी दुर्दशा के लिये एक दूसरे को दोष दे रहे थे।

कभी-कभार हॉ को स्निफ और स्करी की याद आ जाती थी और वह सोचता था कि क्या उन्होंने अब तक *चीज़* ढूंढ लिया होगा। उसे मालूम था कि उनके लिये यह समय बहुत ज़्यादा परेशानी वाला होगा, क्योंकि भूलभुलैया में आमतौर पर कुछ अनिश्चितता तो होती ही है। पर वह यह भी जानता था कि अनिश्चितता केवल कुछ समय तक ही रहती है।

कई बार हॉ यह कल्पना करता था कि स्निफ और स्करी को नया *चीज़* मिल चुका है और वे उसका मज़ा ले रहे हैं। उसने इस

बारे में सोचा कि भूलभुलैया में रोमांचक सफर पर जाना कितना अच्छा होगा और ताज़े नये *चीज़* को हासिल करना कितना सुखद होगा। यह सोच-सोचकर उसके मुँह में पानी आ गया।

जितनी स्पष्टता से हॉ नये *चीज़* को ढूंढने और उसका मज़ा लेने की कल्पना करता था, वह *चीज़* स्टेशन 'सी' को छोड़ने की उतनी ही ज़्यादा कल्पना करने लगता था।

"चलो, हम चलते हैं!" उसने अचानक कहा।

"नहीं," हेम ने तत्काल जवाब दिया। "मैं इस जगह को पसंद करता हूँ। यह आरामदेह है। यह जानी पहचानी है। इसके अलावा बाहर बहुत से खतरे हैं।"

"नहीं, ऐसा नहीं है," हॉ ने तर्क दिया। "हम भूलभुलैया के कई हिस्सों में पहले भी दौड़ चुके हैं और हम ऐसा दुबारा कर सकते हैं।"

"अब मैं उसके लिये बूढ़ा हो चुका हूँ।" हेम ने कहा। "और मुझे डर है कि मैं कहीं गुम न जाऊँ और इस कोशिश में खुद को मूर्ख साबित न कर लूँ। क्या तुम ऐसा करना चाहते हो?"

यह सुनते ही हॉ का असफलता का डर लौट आया और नया *चीज़* ढूंढने की उसकी आशा और इच्छा दोनों ही कम होने लगे।

इसके बाद हर रोज़ छोटे लोग वही करते रहे, जो वे इसके पहले किया करते थे। वे *चीज़* स्टेशन 'सी' में जाते थे, उन्हें वहाँ *चीज़* नहीं मिलता था, और वे अपने साथ चिंताओं और कुंठाओं को लेकर घर लौट आते थे।

वे अपने साथ हो रही घटनाओं को नकारने की कोशिश कर रहे थे। परंतु उन्होंने पाया कि भूख के कारण नींद लगना दिनों-दिन ज़्यादा मुश्किल होता रहा था, अगले दिन उनमें कम ताकत बची रहती थी और वे काफी चिड़चिड़े होते जा रहे थे।

उनके घर अब उन्हें उतने खुशनुमा और आरामदेह नहीं लग रहे थे, जितने कि वे पहले लगा करते थे। छोटे लोगों को सोने में भी दिक्कतें आ रही थीं और जब नींद आती थी, तो *चीज़* न मिलने की वजह से उन्हें बुरे सपने आते थे।

परंतु हेम और हॉ अब भी *चीज़* स्टेशन 'सी' में जाते थे और हर रोज़ वहाँ बैठकर अपने *चीज़* का इंतज़ार करते थे।

हेम ने कहा, "देखो, अगर हम ज़्यादा मेहनत करें, तो हम यह जान लेंगे कि दरअसल कुछ भी नहीं बदला है। *चीज़* शायद आस-पास ही कहीं है। हो सकता है उन्होंने उसे दीवार के पीछे छुपा दिया हो।"

अगले दिन हेम और हॉ औज़ारों के साथ आये। हेम ने छेनी पकड़ी और हॉ हथौड़ा मारने लगा। आखिर, उन्होंने *चीज़* स्टेशन 'सी' की दीवार में छेद कर ही लिया। उन्होंने अंदर झांका पर उन्हें *चीज़* नहीं दिखायी दिया।

वे निराश थे, परंतु उन्हें भरोसा था कि वे समस्या को सुलझा सकते हैं। इसलिये उन्होंने जल्दी आना, देर तक रुकना और ज़्यादा मेहनत करना शुरू कर दिया। परंतु कुछ समय के बाद उनकी कड़ी मेहनत का नतीजा उन्हें दीवार में एक बड़े छेद के रूप में ही मिला।

काम करने और सही काम करने के बीच के अंतर को हॉ धीरे-धीरे महसूस करने लगा था।

हेम ने कहा, "सबसे बढ़िया नीति यह है कि हम यहाँ पर बैठकर इंतज़ार करते रहें और देखें कि क्या होता है। देर-सबेर उन्हें *चीज़* वापस रखना ही पड़ेगा।"

हॉ इस बात पर भरोसा करना चाहता था। इसलिये हर रोज़ शाम को वह घर पर आराम करने जाता था और हर सुबह मन मारकर हेम के साथ चीज़ स्टेशन 'सी' की तरफ लौटता था। पर चीज़ फिर कभी वापस नहीं आया।

अब तक छोटे लोग भूख और तनाव की वजह से कमज़ोर हो चुके थे। हॉ स्थिति के सुधरने का इंतज़ार करते-करते थक रहा था। उसे यह महसूस होने लगा कि वे चीज़ के बिना जितना ज़्यादा समय गुज़ारेंगे, उनका हाल उतना ही बुरा होता जायेगा।

हॉ यह जानता था कि स्थिति पर उनकी पकड़ ढीली होती जा रही है।

आखिर एक दिन हॉ खुद पर हँसने लगा। "ओ...हो...,हो, मेरी तरफ देखो। मैं बार-बार वही करता रहा और ताज्जुब करता रहा कि हालात क्यों नहीं सुधर रहे हैं। कितने मज़े की बात है और बेवकूफी की भी।"

हॉ को दुबारा भूलभुलैया में दौड़ने का विचार इसलिये पसंद नहीं आया, क्योंकि उसे लगता था कि वह गुम जायेगा। उसे यह अंदाज़ा भी नहीं था कि *चीज़* मिलेगा तो कहाँ मिलेगा। पर जब

उसने देखा कि उसका डर उसके साथ क्या कर रहा था, तो उसे अपनी बेवकूफी पर हँसना ही था।

उसने हेम से पूछा, "हमने अपने जॉगिंग सूट और दौड़ने वाले जूते कहाँ पर रखे हैं?" उन्हें ढूंढने में काफी समय लगा, क्योंकि *चीज़* स्टेशन 'सी' पर चीज़ मिलने के बाद उन्होंने इन सामानों को यह सोच कर दूर रख दिया था कि अब उन्हें इनकी ज़रूरत कभी नहीं पड़ेगी।

जब हेम ने अपने दोस्त को अपना जॉगिंग सूट पहनते देखा तो उसने पूछा, 'तुम कहीं दुबारा भूलभुलैया में जाने की तैयारी तो नहीं कर रहे हो?' तुम यहाँ मेरे साथ तब तक इंतज़ार क्यों नहीं करते जब तक कि वे *चीज़* वापस नहीं रख देते।"

"क्योंकि तुम यह बात नहीं समझ रहे हो।" हॉ ने कहा, "मैं भी यह नहीं समझना चाहता था। पर अब मैं यह जान चुका हूँ कि वे पुराने *चीज़* को कभी वापस नहीं रखेंगे। वह कल का *चीज़* था। अब नया *चीज़* ढूंढने का वक्त आ गया है।"

हेम ने तर्क दिया, "पर मान लो बाहर भी कोई *चीज़* नहीं मिला तो? या मान लो कि यदि वह हो भी, तो भी हो सकता है कि तुम उसे खोज न पाओ।"

"मैं नहीं जानता," हॉ ने कहा! उसने खुद से कई बार यही सवाल पूछे थे और उसे फिर से वही डर सताने लगा, जिसने उसे वहाँ रोक रखा था।

तब उसने नया *चीज़* ढूंढने के बारे में सोचा और उन बेहतरीन वस्तुओं के बारे में सोचा, जो उस *चीज़* के साथ आयेंगी। यह सोचते ही उसमें फिर से हिम्मत आ गई।

हॉ ने कहा, "कई बार स्थितियाँ बदल जाती हैं और फिर वे दुबारा वैसी नहीं होतीं। यह एक ऐसी ही स्थिति जान पड़ती है, हेम। यह ज़िंदगी है! ज़िंदगी आगे बढ़ती है। और इसलिये हमें भी आगे बढ़ते रहना चाहिये।"

हॉ ने अपने कमज़ोर साथी की तरफ देखा और उसे समझदारी की बातें सिखाने की कोशिश की। परंतु हेम का डर गुस्से में बदल चुका था और वह कुछ भी सुनने के लिये तैयार नहीं था।

हॉ अपने दोस्त के साथ कठोर नहीं होना चाहता था, परंतु उसे इस बात पर हँसी आ गयी कि वे दोनों कितने मूर्ख लग रहे थे।

जैसे ही हॉ चलने को तैयार हुआ, उसे ज़्यादा उमंग का एहसास हुआ। क्योंकि वह जानता था कि अब वह खुद पर हँस सकता है, पुरानी वस्तुओं को छोड़ कर नयी वस्तुओं की तरफ आगे बढ़ सकता है।

उसने घोषणा की, "अब भूलभुलैया समय है।"

हेम न हँसा, न ही उसने कोई प्रतिक्रिया दी।

हॉ ने एक छोटा नुकीला पत्थर उठाया और दीवार पर एक गंभीर विचार लिखा ताकि हेम उस पर सोच सके। जैसी कि उसकी आदत थी, हॉ ने इसके चारों तरफ *चीज़* का एक चित्र भी

बना दिया। उसे उम्मीद थी कि इससे हेम फिर मुस्करायेगा, हल्का महसूस करेगा और नये *चीज़* की तलाश में उसके साथ चल पड़ेगा। परंतु हेम ने उस तरफ देखना तक पसंद नहीं किया।

वह विचार था :

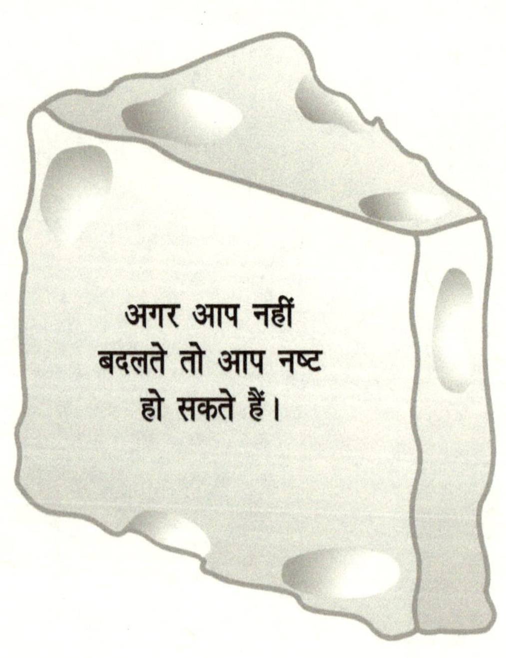
अगर आप नहीं
बदलते तो आप नष्ट
हो सकते हैं।

मेरा *चीज़* किसने हटाया?

फिर हॉ ने अपना सिर बाहर निकाला और भूलभुलैया में चिंता के साथ झांका। उसने सोचा कि वह किस तरह इस *चीज़* रहित स्थिति में फँस गया था।

पहले उसे यह विश्वास था कि भूलभुलैया में कोई *चीज़* नहीं होगा या होगा भी तो वह उसे ढूंढ नहीं पायेगा। इस तरह के डरावने विश्वास उसे आगे नहीं बढ़ने दे रहे थे और उसे धीरे-धीरे मार रहे थे।

हॉ मुस्कराया। वह जानता था कि हेम अब भी हैरान हो रहा होगा, "मेरा *चीज़* किसने हटाया?" पर हॉ इस बात पर हैरान हो रहा था, "मैं जल्दी क्यों नहीं जागा और *चीज़* के साथ तत्काल आगे क्यों नहीं बढ़ा?"

जब उसने भूलभुलैया में चलना शुरू किया, तो हॉ ने पीछे पलटकर देखा। इसमें कोई शक नहीं कि जहाँ पर वह था, वह जगह आरामदेह और जानी-पहचानी थी। हालांकि कुछ समय से उसे वहाँ पर *चीज़* नहीं मिला था, फिर भी अपने जाने-पहचाने दायरे के लिये उसका लगाव बरकरार था।

हॉ परेशान होने लगा और सोचने लगा कि क्या वह सचमुच भूलभुलैया के भीतर जाना चाहता है। उसने अपने सामने दीवार पर एक कहावत लिखी और कुछ समय तक उसकी तरफ देखता रहा :

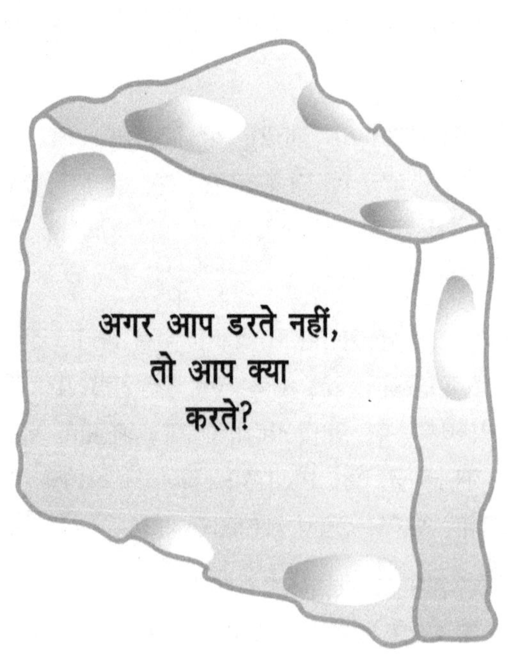

अगर आप डरते नहीं,
तो आप क्या
करते?

उसने इस बारे में सोचा।

वह जानता था कि कुछ डर ऐसे होते हैं, जिनके अच्छे नतीजे निकल सकते हैं। जब आप डरे हुए होते हैं तो हालात तब बिगड़ने लगते हैं, जब आप उन्हें सुधारने के लिये कुछ नहीं करते हैं। परंतु डर आपको काम करने के लिये भी प्रेरित कर सकता है। यह तब आपके लिये अच्छा नहीं होता जब आप डरे हुए तो होते हैं, परंतु हालात को सुधारने के लिये कुछ नहीं करते हैं।

उसने अपनी दांयी तरफ देखा, भूलभुलैया के उस हिस्से की तरफ जहाँ वह अब से पहले कभी नहीं गया था और उसे डर लगने लगा।

फिर उसने एक गहरी सांस ली। वह भूलभुलैया में दांयी तरफ मुड़ा और उसने धीरे-धीरे अज्ञात में दौड़ना शुरू कर दिया।

जब वह अपना रास्ता खोजने की कोशिश कर रहा था, तो हॉ को पहले तो यह चिंता हुई कि शायद उसने *चीज़* स्टेशन 'सी' पर इंतज़ार में काफी समय गंवा दिया है। उसे इतने लंबे समय से *चीज़* नहीं मिला था कि अब वह कमज़ोर हो गया था। भूलभुलैया में दौड़ने में अब उसे पहले से ज़्यादा समय लग रहा था और पहले से ज़्यादा कष्ट भी हो रहा था। उसने फैसला किया कि अगर अब उसकी ज़िंदगी में फिर कभी ऐसा मौका आयेगा तो वह हालात के हिसाब से खुद को जल्दी ही बदल लेगा। इससे ज़िंदगी ज़्यादा आसान हो जायेगी।

फिर हॉ ने एक कमज़ोर मुस्कराहट के साथ यह सोचा, "कभी नहीं से देर भली।"

अगले कुछ दिनों तक हॉ को यहाँ-वहाँ थोड़ा-बहुत *चीज़* तो मिलता रहा, पर उसे इतना बड़ा ढेर नहीं मिला, जो काफी समय तक चल सके। उसे उम्मीद थी कि उसे बहुत सा *चीज़* मिलेगा और वह हेम के पास *चीज़* लेकर जायेगा ताकि वह भी भूलभुलैया में आने के लिये प्रेरित हो सके।

पर हॉ का आत्मविश्वास अब भी पूरी तरह वापस नहीं लौटा था। उसे यह मानना ही पड़ा कि भूलभुलैया में उसे बहुत परेशानी हो रही थी। पिछली बार जब वह वहाँ था, तब से अब तक हालात बदल चुके थे।

जब भी उसे लगता था कि वह तरक्की कर रहा था, तब वह गलियारों में रास्ता भटक जाता था। ऐसा लगता था जैसे वह दो कदम आगे और एक कदम पीछे चल रहा था। यह एक चुनौती थी, परंतु उसे यह मानना पड़ा कि एक बार फिर भूलभुलैया में आना और *चीज़* को ढूंढना उतना बुरा नहीं था, जितना कि उसे डर था।

समय गुज़रने के साथ-साथ वह यह सोचने लगा कि क्या नया *चीज़* खोजने की उसकी आशा कभी पूरी होगी? उसने सोचा कि कहीं उसने इतना बड़ा निवाला तो मुँह में नहीं भर लिया था, जिसे वह निगल न सके। फिर वह यह सोचकर हँसा कि उसके पास इस वक्त निगलने के लिये कुछ भी नहीं था।

जब भी वह निराश होने लगता तो वह खुद को यह याद दिलाता कि वह क्या कर रहा था। हालांकि वह परेशान था, फिर भी उसकी मौजूदा हालत उसकी पुरानी *चीज़* रहित स्थिति से तो बेहतर थी। स्थिति उसके काबू में थी, और वह हाथ पर हाथ रखकर घटनाओं के होने का इंतज़ार नहीं कर रहा था।

फिर उसने खुद को याद दिलाया कि अगर स्निफ और स्करी आगे बढ़ सकते हैं, तो वह भी बढ़ सकता है।

बाद में जब हॉ ने पिछली घटनाओं की तरफ मुड़कर देखा तो उसने यह महसूस किया कि *चीज़* स्टेशन 'सी' पर रखा *चीज़* रातों-रात गायब नहीं हुआ था, जैसा कि उसने पहले सोचा था। वहाँ रखे चीज़ की तादाद आखिर में धीरे-धीरे कम होने लगी थी और *चीज़* बासी भी होने लगा था। उसका स्वाद उतना अच्छा नहीं रह गया था।

पुराने *चीज़* पर शायद फफूँद भी जमने लगी थी, हालांकि तब उसने इस तरफ ध्यान नहीं दिया था। फिर भी उसे यह मानना पड़ा कि अगर वह चाहता तो आगे आने वाली घटनाओं का अंदाज़ा लगा सकता था। परंतु उसने ऐसा नहीं किया था।

हॉ ने अब यह महसूस किया कि इस परिवर्तन से उसे शायद सदमा या अचंभा नहीं हुआ होता अगर वह स्थिति पर शुरू से ही पूरी नज़र रखता और परिवर्तन का पहले से अंदाज़ लगा लेता। हो सकता है, स्निफ और स्करी ऐसा ही कर रहे हों।

वह आराम करने के लिये रुका और उसने भूलभुलैया की दीवार पर लिखा :

कुछ समय बाद जब चीज़ ढूंढते-ढूंढते काफी वक्त गुज़र गया, तब हॉ को आखिर एक बड़ा सा *चीज़* स्टेशन दिया, जहाँ उसे *चीज़* मिलने की उम्मीद थी। जब वह अंदर गया तो उसे निराशा ही हाथ लगी, क्योंकि *चीज़* स्टेशन खाली था।

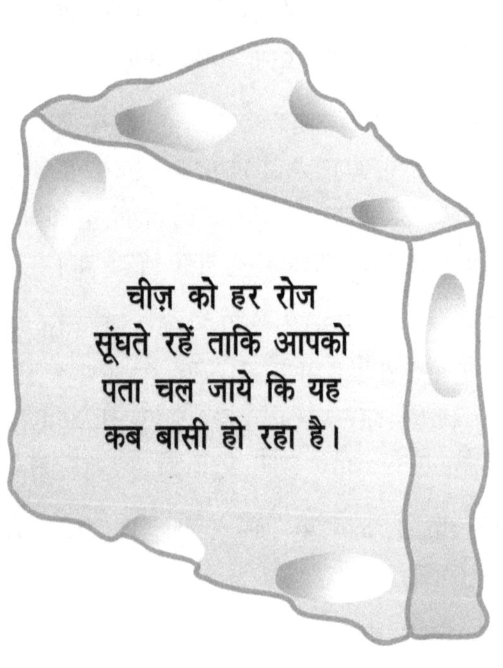
चीज़ को हर रोज
सूंघते रहें ताकि आपको
पता चल जाये कि यह
कब बासी हो रहा है।

"ऐसा खाली-खाली एहसास मुझे बहुत बार हुआ है," उसने सोचा। वह अब हार मानने को ही था।

हॉ की ताकत कम होती जा रही थी। वह जानता था कि वह भटक चुका था और उसे डर था कि वह ज़िंदा नहीं बचेगा।

उसने सोचा कि वह फिर से *चीज़* स्टेशन 'सी' की तरफ लौट जाये। अगर वह वापस पहुँच जाये और हेम अब भी वहाँ हो तो कम से कम हॉ अकेला नहीं होगा। फिर उसने खुद से वही सवाल दुबारा पूछा,

"अगर मैं डरता नहीं, तो मैं क्या करता?"

उसे इतनी ज़्यादा बार डर लगा कि उसे इसे खुद के सामने भी मानने में परेशानी हो रही थी। वह खुद नहीं जानता था कि उसे किन-किन बातों से डर लग रहा था, परंतु अपनी कमज़ोर हालत में अब वह जानता था कि उसे सबसे अधिक डर लग रहा था अकेले सफर करने में। हॉ यह नहीं जानता था, परंतु वह पीछे की तरफ भाग रहा था, क्योंकि उसके दिमाग पर डरावने विश्वासों का बोझ लदा हुआ था।

हॉ ने सोचा कि क्या हेम भी अपनी जगह से चल दिया होगा या वह अपने डर के कारण अब भी वहीं होगा। फिर हॉ ने वह समय याद किया, जब उसने भूलभुलैया में अपने सर्वश्रेष्ठ क्षण अनुभव किये थे। ऐसा तब हुआ था, जब वह आगे बढ़ रहा था।

उसने दीवार पर लिखा, यह जानते हुये कि यह उसके लिये एक पुनःस्मरण है और उसके मित्र हेम के लिये अनुसरण करने का एक संकेत :

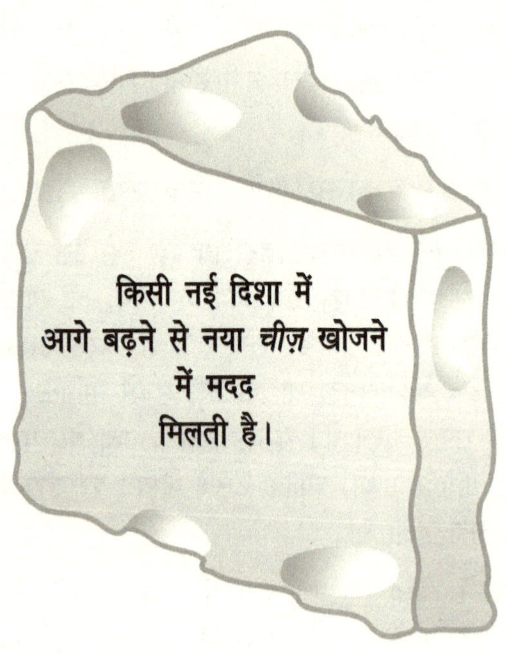

किसी नई दिशा में
आगे बढ़ने से नया *चीज़* खोजने
में मदद
मिलती है।

हॉ ने अंधेरे गलियारे में नीचे की तरफ देखा और अपने डर को महसूस किया। आगे क्या होगा? क्या यह खाली होगा? या इससे भी बुरा, क्या कुछ खतरे वहाँ मंडरा रहे होंगे? उसके मन में बहुत सी डरावनी बातें आने लगीं, जो उसके साथ हो सकती थीं। वह खुद को बुरी तरह डरा हुआ पा रहा था।

फिर वह खुद पर हँसा। उसने यह महसूस किया कि उसके डर उसके हाल को और खस्ता बना रहे हैं। इसलिये उसने वही किया, जो वह करता अगर वह डरा हुआ नहीं होता। वह एक नई दिशा में मुड़ा।

अंधेरे गलियारे में दौड़ना शुरू करते ही वह मुस्कराने लगा। हालांकि हॉ ने अब तक यह नहीं जाना था, लेकिन अब उसे महसूस हो रहा था कि उसकी आत्मा को किस बात से सहारा मिल रहा था। वह अब घटनाओं को आराम से लेने लगा था और उसे आने वाली घटनाओं पर भरोसा था, जबकि उसे अभी इस सबके बारे में ठीक से पता भी नहीं था।

अपने आप को इतना ज़्यादा खुश होते देख वह चक्कर में पड़ गया। "मुझे इतना अच्छा क्यों लग रहा है?" वह हैरान था।

"जबकि मेरे पास कोई *चीज़* नहीं है और मैं यह भी नहीं जानता कि मैं कहाँ जा रहा हूँ।"

लेकिन जल्द ही वह जान गया कि उसे इतना अच्छा क्यों लग रहा था :

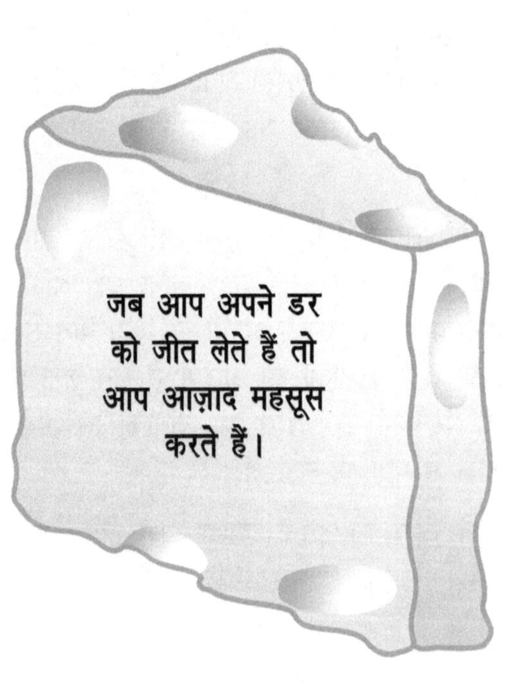
जब आप अपने डर
को जीत लेते हैं तो
आप आज़ाद महसूस
करते हैं।

हॉ यह जान गया था कि अब तक वह अपने ही डर के जाल में फंसा हुआ था। नयी दिशा में चलने से वह आज़ाद हो चुका था।

अब उसने वह ठंडी हवा महसूस की जो भूलभुलैया के इस भाग में बह रही थी। और इस हवा ने उसे ताज़गी से भर दिया। उसने कुछ गहरी साँसे लीं और उसे अपने अन्दर ताकत आती महसूस हुई। एक बार उसने अपने डर को जीत लिया, तो यह अभियान उसके लिये बहुत सुखद साबित हुआ – जितना उसने सोचा था उससे भी ज़्यादा।

हॉ ने बहुत लंबे समय से इस तरह की खुशी महसूस नहीं की थी। वह लगभग भूल चुका था कि यह सब कितना मज़ेदार होता है।

हालात को और बेहतर बनाने के लिये हॉ ने अपने दिमाग में एक चित्र बनाना शुरू किया। उसने बहुत यथार्थवादी स्थिति में अपने सभी मनपसंद *चीज़* – चेड्डर से ब्राई तक – के ढेर के बीच में खुद को बैठे देखा। उसने खुद को अपने मनपसंद *चीज़* के टुकड़े एक के बाद एक खाते देखा और उसे अपनी कल्पना से बहुत ज़्यादा सुख मिला। फिर उसने कल्पना की कि वह इतने बढ़िया स्वादों का कितना ज़्यादा मज़ा लेगा।

उसने नये *चीज़* की तस्वीर जितनी साफ देखी, वह उसे उतना ही ज़्यादा असली लगने लगा और उसे उतना ही ज़्यादा भरोसा होने लगा कि वह इसे ढूंढकर ही रहेगा।

उसने लिखा :

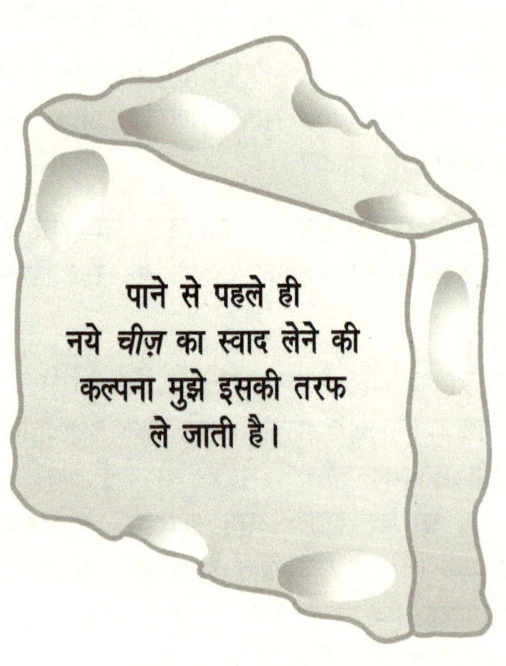

पाने से पहले ही
नये चीज़ का स्वाद लेने की
कल्पना मुझे इसकी तरफ
ले जाती है।

"मैंने ऐसा पहले क्यों नहीं किया?" हॉ ने खुद से पूछा।

फिर वह भूलभुलैया में ज़्यादा ताकत और तेज़ी से दौड़ने लगा। जल्द ही उसे एक *चीज़* स्टेशन दिखा और वह खुश हुआ जब उसे दरवाजे पर नये *चीज़* के छोटे-छोटे टुकड़े दिखे।

इस तरह के *चीज़* उसने पहले कभी नहीं देखे थे, परंतु वे बड़े स्वादिष्ट दिख रहे थे। उसने उन्हें चखकर देखा और पाया कि वे सचमुच स्वादिष्ट थे। उसने नये *चीज़* के ज़्यादातर टुकड़ों को खा लिया और कुछ को अपनी जेब में रख लिया ताकि उन्हें बाद में अकेले या शायद हेम के साथ खा सके। उसे अपनी ताकत फिर से लौटती महसूस हुई।

वह बहुत उम्मीद लेकर *चीज़* स्टेशन में घुसा। पर उसे यह देखकर निराशा हुई कि वह खाली था। कोई पहले ही वहाँ आ चुका था और उसने नये *चीज़* के बहुत थोड़े से टुकड़े वहाँ छोड़े थे।

उसने सोचा कि अगर वह जल्दी पहुँचा होता तो उसे वहाँ पर नये *चीज़* की काफी मात्रा मिल सकती थी।

हॉ ने वापस जाने और यह देखने का फैसला किया कि क्या हेम उसके साथ चलने के लिये तैयार है।

जब उसने अपने कदमों को फिर से लौटाया, तो वह रुका और उसने दीवार पर लिखा :

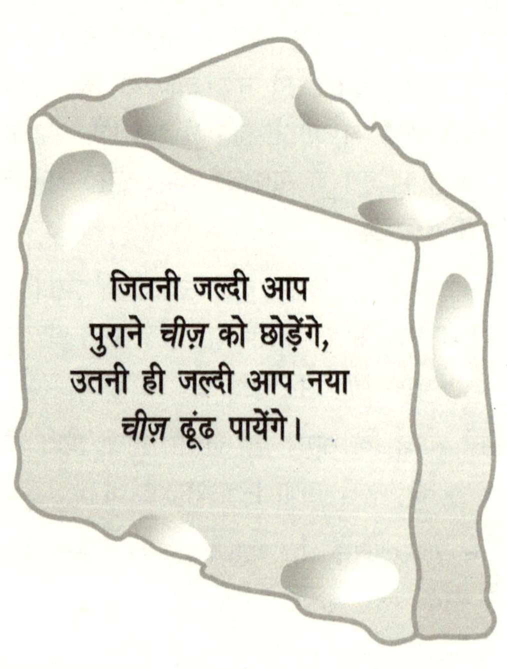
जितनी जल्दी आप
पुराने *चीज़* को छोड़ेंगे,
उतनी ही जल्दी आप नया
चीज़ ढूंढ पायेंगे।

कुछ समय बाद हॉ फिर *चीज़* स्टेशन 'सी' की तरफ लौटा और हेम से मिला। उसने हेम को नये *चीज़* के कुछ टुकड़े देना चाहे पर हेम ने उन्हें लेने से मना कर दिया।

हेम ने अपने मित्र की पहल का स्वागत किया, परंतु उसने कहा, "मुझे नहीं लगता कि मैं नये *चीज़* को पसंद करूँगा। मुझे इसकी आदत नहीं है। मैं अपना ही *चीज़* वापस पाना चाहता हूँ और मैं तब तक नहीं बदलूँगा, जब तक मुझे मेरा मनचाहा *चीज़* नहीं मिल जायेगा।"

हॉ ने निराशा में अपना सिर हिलाया और मन मारकर अकेले ही चल दिया। जब वह भूलभुलैया में उस आखिरी बिंदु पर पहुँचा, जहाँ तक वह सफर कर चुका था, तो उसे अपने दोस्त की कमी अखरी। पर उसने यह भी महसूस किया कि उसे अपनी तलाश में मज़ा आ रहा था। जबकि अभी उसे *चीज़* का बड़ा ढेर नहीं मिला था, फिर भी वह जानता था कि जिस वस्तु से उसे खुशी हो रही थी वह केवल *चीज़* का मिलना नहीं था।

वह खुश था कि वह अपने डर से हार नहीं रहा था। वह जो कर रहा था, उसमें उसे खुशी मिल रही थी।

यह जानने के बाद हॉ को इतनी कमज़ोरी महसूस नहीं हुई, जितनी उसे *चीज़* स्टेशन 'सी' की *चीज़* रहित स्थिति में हुई थी। सिर्फ इस एहसास से कि वह अपने डर को अपना रास्ता रोकने का मौका नहीं दे रहा था और यह जानने से कि वह एक नई दिशा में चल रहा था, उसे नई उर्जा और ताकत मिली।

अब उसे यह भरोसा हो चुका था कि उसे अपनी मनचाही वस्तु निश्चित रूप से मिलेगी। सवाल सिर्फ यह था कि इसमें कितना समय लगेगा। वास्तव में उसने यह अनुभव किया कि जो वह पाना चाहता था, वह उसे मिल चुका था।

वह मुस्कराया, जब उसने यह महसूस किया :

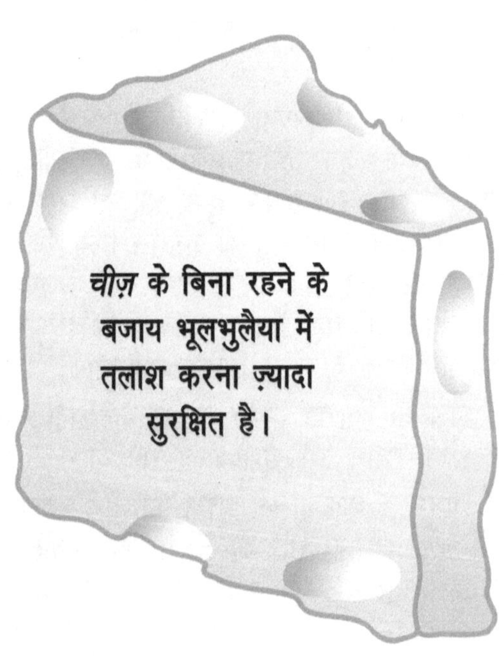
चीज़ के बिना रहने के
बजाय भूलभुलैया में
तलाश करना ज़्यादा
सुरक्षित है।

मेरा *चीज़* किसने हटाया?

हॉ ने दुबारा यह महसूस किया, जो वह पहले भी एक बार कर चुका था कि आप किसी वस्तु से जितना डरते हैं, हकीकत में वह वस्तु उतनी बुरी नहीं होती। असली स्थिति उतनी बुरी नहीं होती, जितनी बुरी आपके दिमाग में बनी उसकी तस्वीर होती है।

उसे नया *चीज़* कभी न ढूंढ पाने का इतना ज़्यादा डर था कि वह इसे ढूंढने की शुरूआत ही नहीं करना चाहता था। पर सफर शुरू करने के बाद से उसे गलियारों में इतना *चीज़* मिल रहा था कि उसका काम चल जाये। अब उसने ज़्यादा *चीज़* पाने की उम्मीद लगा ली थी। आगे देखने भर से ही वह रोमांचित हुआ जा रहा था।

उसका पुराना चिंतन उसकी चिंताओं और डरों के कुहासे में लिपटा था। वह यह सोचा करता था कि उसे पर्याप्त *चीज़* नहीं मिलेगा या इतना नहीं मिलेगा कि उसका काम चल जाये। वह इस बात पर काफी सोच-विचार करता था कि उसके साथ क्या बुरा हो सकता है बजाय इसके कि उसके साथ क्या अच्छा हो सकता है।

पर जब से उसने *चीज़* स्टेशन 'सी' छोड़ा था उसका यह नकारात्मक चिंतन इतने दिनों में बदलकर सकारात्मक हो गया था।

पहले वह सोचता था कि *चीज़* को हटाया नहीं जाना चाहिये और परिवर्तन सही नहीं होता।

अब वह समझ गया था कि परिवर्तन होना स्वाभाविक है, चाहे आप इसकी आशा करें या न करें। परिवर्तन केवल तभी आपको चौंका सकता है, जब आप इसकी आशा नहीं करते और इसे पसंद नहीं करते।

जब उसने यह अनुभव किया कि उसके विश्वास बदल चुके हैं, तो वह दीवार पर यह लिखने के लिये रुका :

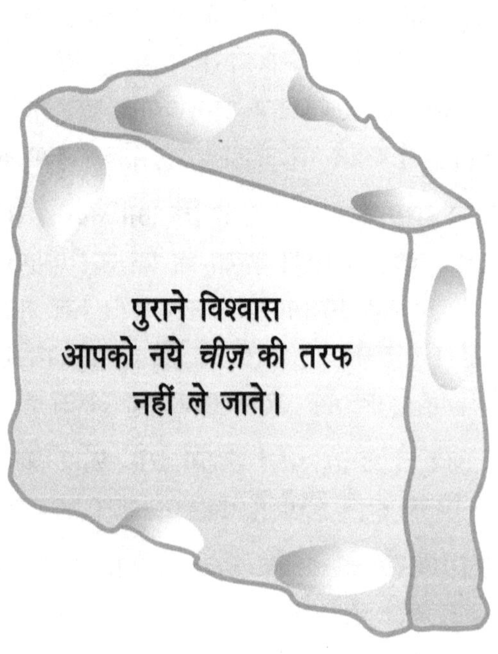
पुराने विश्वास
आपको नये चीज़ की तरफ
नहीं ले जाते।

मेरा *चीज़* किसने हटाया?

हालांकि हॉ को अब भी *चीज़* नहीं मिला था, पर भूलभुलैया में दौड़ लगाते वक्त उसने यह सोचा कि अब तक उसने क्या सीखा है।

हॉ ने यह महसूस किया कि उसके नये विश्वास नये व्यवहार को बढ़ावा दे रहे हैं। *चीज़* रहित स्टेशन 'सी' पर ठहराव की स्थिति में उसका व्यवहार अलग था, जबकि अब वह पूरी तरह बदल चुका था।

वह जान गया था कि जब आप अपनी सोच बदल लेते हैं, तो आपके काम खुदबखुद बदल जाते हैं।

आप सोच सकते हैं कि किसी परिवर्तन से आपको नुकसान होगा और आप उसका विरोध कर सकते हैं। दूसरी तरफ आप यह भी सोच सकते हैं कि नया *चीज़* खोजने से आपको उस परिवर्तन को गले लगाने में मदद मिलेगी।

यह सब इस पर निर्भर करता है कि आप किस बात में भरोसा करते हैं।

उसने दीवार पर लिखा :

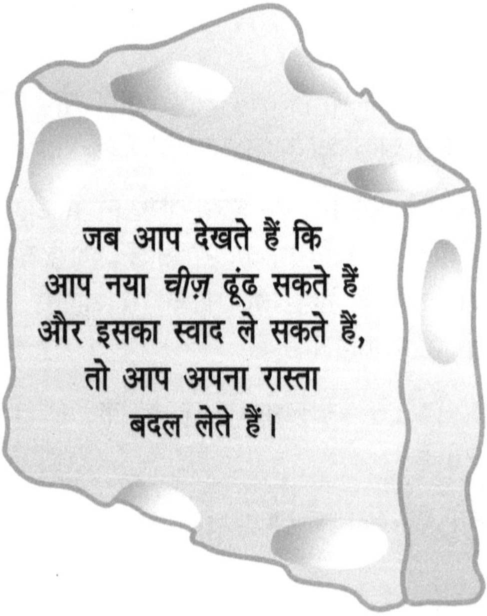

जब आप देखते हैं कि
आप नया चीज़ ढूंढ सकते हैं
और इसका स्वाद ले सकते हैं,
तो आप अपना रास्ता
बदल लेते हैं।

हॉ जानता था कि अगर उसने तत्काल परिवर्तन को गले लगाया होता और जल्द ही *चीज़* स्टेशन 'सी' छोड़ा होता, तो आज वह बेहतर स्थिति में होता। उसके शरीर और आत्मा में ज़्यादा ताकत होती और नया *चीज़* ढूंढने की चुनौती का वह अच्छी तरह मुकाबला कर सकता था। वास्तव में अगर उसने परिवर्तन की आशा की होती तो उसे अब तक नया *चीज़* मिल भी गया होता। परंतु उसने इस बात को मानने में बहुत समय गंवा दिया था कि हालात बदल चुके थे।

उसने अपनी इच्छा शक्ति को इकट्ठा किया और भूलभुलैया के नये हिस्सों में बढ़ने का फैसला किया। उसे यहाँ-वहाँ *चीज़* के छोटे-मोटे टुकड़े मिले और उसकी ताकत और भरोसा दोनों बढ़ने लगे।

जब उसने यह विचार किया कि वह कहाँ से आ रहा था, तो हॉ खुश हुआ कि उसने दीवार पर कई जगहों पर लिख दिया था। उसे भरोसा था कि अगर हेम *चीज़* स्टेशन 'सी' को छोड़ने का फैसला करता है, तो भूलभुलैया में ये कहावतें उसके लिये संकेत चिन्हों का काम करेंगी।

उसे केवल यही आशा थी कि वह सही दिशा में बढ़ रहा है। उसने इस संभावना के बारे में विचार किया कि हेम दीवार पर लिखी इबारत पढ़ लेगा और अपना रास्ता खोज लेगा।

जिस बात पर वह कुछ समय से विचार कर रहा था, उसने दीवार पर उसे लिख दिया :

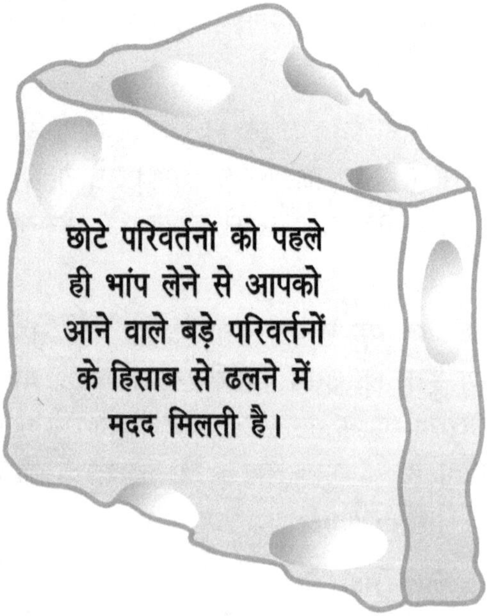

छोटे परिवर्तनों को पहले
ही भांप लेने से आपको
आने वाले बड़े परिवर्तनों
के हिसाब से ढलने में
मदद मिलती है।

अब तक हॉ ने अपने अतीत को पीछे छोड़ दिया था और वह भविष्य के लिये खुद को बदल रहा था।

वह ज़्यादा ताकत और रफ्तार से भूलभुलैया में आगे बढ़ता रहा। और कुछ ही समय में यह हो गया।

जब उसे लगा कि वह ज़िंदगी भर से इस भूलभुलैया में फंसा हुआ था, उसके सफर का – या कम से कम इस सफर के एक हिस्से का – तेज़ी से और सुखद अंत हुआ।

हॉ को *चीज़* स्टेशन 'एन' पर नया *चीज़* मिल गया।

जब वह अंदर पहुँचा तो उसे अपनी आँखों पर भरोसा ही नहीं हो रहा था। हर तरफ *चीज़* के ऊँचे-ऊँचे ढेर लगे थे, जो उसने अब तक कभी नहीं देखे थे। वह *चीज़* की सभी किस्मों को पहचान नहीं पा रहा था, क्योंकि इनमें से कुछ किस्म के चीज़ उसके लिये बिलकुल नये थे।

एक पल के लिये उसने सोचा कि क्या यह हकीकत थी या केवल उसकी कल्पना की उपज थी, भूख से पैदा हुई मृगमरीचिका थी। परंतु तभी उसे वहाँ अपने पुराने दोस्त स्निफ और स्करी नज़र आये।

स्निफ ने सिर हिलाकर हॉ का स्वागत किया और स्करी ने अपने पंजे उठाकर। उनके छोटे परंतु मोटे पेट बता रहे थे कि वे वहाँ पर काफी समय से थे।

हॉ ने जल्दी से नमस्कार किया और अपने पसंदीदा *चीज़* के टुकड़ों को चखा। उसने अपने जूते और जॉगिंग सूट उतारा और अच्छी तरह तह करके उन्हें अपने करीब ही रख लिया। हो सकता

है कि उनकी ज़रूरत उसे फिर पड़े। फिर वह नये *चीज़* के ढेर पर टूट पड़ा। जब उसने छककर खा लिया, तो उसने ताज़े *चीज़* का एक टुकड़ा उठाया और उसका टोस्ट बनाकर कहा,

"एक जाम, परिवर्तन के नाम।"

नये *चीज़* का मज़ा लेते वक्त हॉ ने खुद की सीखी हुई बातों पर गौर किया।

उसने यह महसूस किया कि जब वह परिवर्तन से डरा हुआ था, तब वह उस पुराने *चीज़* के चक्कर में पड़ा हुआ था, जो वहाँ था ही नहीं।

तो वह क्या था, जिसके कारण उसमें बदलाव आया? क्या यह भूखे मर जाने का डर था? हॉ ने सोचा, "हाँ! उससे मदद मिली।"

फिर वह हँसा और उसने यह पाया कि उसमें बदलाव तब आया, जब उसने खुद पर हँसना सीखा और यह सोचा कि वह कहाँ गलती कर रहा था। उसने महसूस किया कि बदलने का सबसे तेज़ रास्ता है; खुद की मूर्खता पर हँसना - तभी आप अतीत को पीछे छोड़ सकते हैं और तेज़ी से आगे की तरफ बढ़ सकते हैं।

वह जानता था कि उसने स्निफ और स्करी से भी कुछ उपयोगी सीखें ली हैं। उन्होंने ज़िंदगी को आसान रखा। उन्होंने घटनाओं को बहुत पेचीदा नहीं बनाया, न ही उनका अति विश्लेषण किया। जब हालात बदल गये और *चीज़* हटा लिया गया, तो वे भी बदल गये और *चीज़* के पीछे-पीछे चल दिये। वह इसे याद रखेगा।

फिर हॉ ने अपनी तीक्ष्ण बुद्धि का प्रयोग विचार करने में किया, जो छोटे लोग चूहों से बेहतर कर सकते हैं।

उसने अपने अतीत की गलतियों पर विचार किया और अपने भविष्य की योजना बनाने के लिये उनका इस्तेमाल किया। वह जानता था कि आप परिवर्तन का सामना करना सीख सकते हैं :

आपको इसके बारे में काफी चौकन्ना रहने की ज़रूरत है कि आप स्थितियों को आसान रखें, लचीले हों और जल्दी से चलना शुरू कर दें।

आपको हालात को ज़्यादा पेचीदा नहीं बनाना चाहिये, न ही डरावने विश्वासों से परेशान होना चाहिये।

आप यह देखते रहें कि कब छोटे-छोटे परिवर्तन होने लगे हैं ताकि आप आगे आने वाले बड़े परिवर्तन के लिये तैयार हो सकें।

वह जानता था कि उसे और तेज़ी से बदलने की ज़रूरत थी, क्योंकि अगर आप समय रहते खुद को नहीं ढालते, तो हो सकता है बाद में खुद को ढालने से आपको कोई फायदा ही न हो।

उसे यह मानना ही पड़ा कि परिवर्तन का सबसे बड़ा विरोधी आपके भीतर बैठा हुआ है और जब तक आप नहीं बदलते तब तक कुछ भी नहीं सुधर सकता।

सबसे महत्वपूर्ण बात जो उसने सीखी वह शायद यह थी कि बाहर हमेशा नया *चीज़* मौजूद रहता है, चाहे आप इस बात को उस समय पहचान पायें या नहीं। और यह आपको इनाम में तब मिलता है, जब आप अपने डर से आज़ाद हो जाते हैं और रोमांच का मज़ा लेते हैं।

वह जानता था कि कई डर अच्छे होते हैं, क्योंकि वे आपको असली खतरों से दूर रखते हैं। पर उसने यह महसूस किया कि उसके ज़्यादातर डर मूर्खतापूर्ण थे और जब उसे बदलने की ज़रूरत थी तब इन डरों के कारण ही वह नहीं बदल पा रहा था।

उसने इस बात को उस समय पसंद नहीं किया था पर वह जानता था कि यह परिवर्तन बदकिस्मती के रूप में आयी खुशकिस्मती की तरह था, क्योंकि इससे वह बेहतर *चीज़* ढूंढने की राह पर चल पड़ा।

उसने इस सफर में खुद का भी एक बेहतर हिस्सा खोज लिया था।

जब हॉ ने यह याद किया कि उसने कितना कुछ सीखा था, तो उसे अपने दोस्त हेम की याद आ गयी। उसने सोचा कि क्या हेम ने *चीज़* स्टेशन 'सी' की दीवार और भूलभुलैया में कई जगह लिखी कहावतों को पढ़ा होगा।

क्या हेम ने अतीत को छोड़ने और भविष्य के साथ आगे बढ़ने का फैसला किया होगा? क्या वह भूलभुलैया में कभी दाखिल हुआ होगा और उसने यह सोचा होगा कि उसकी ज़िंदगी किस तरह ज़्यादा बेहतर हो सकती है?

हॉ ने *चीज़* स्टेशन 'सी' की तरफ लौटने का मन बनाया। उसने सोचा कि क्या हेम वहीं पर मिलेगा – यह मानते हुये कि हॉ वहाँ लौटने का रास्ता ढूंढ सकता है। अगर उसे हेम मिल जाता है, तो हॉ उसे वह रास्ता दिखा सकता है, जो उसे दुर्दशा से बाहर निकालेगा। पर हॉ ने यह भी सोचा कि उसने पहले ही अपने दोस्त को बदलने की कोशिश कर ली थी।

हेम को खुद अपना रास्ता ढूंढना होगा, अपने आराम और डर को छोड़ना होगा। उसके लिये यह कोई दूसरा नहीं कर सकता, न ही यह कोई उसे समझा सकता है। किसी न किसी तरह उसे खुद को बदलने से होने वाले फायदे को तो पहचानना ही होगा।

हेम को पता था कि हॉ ने उस के लिये सुराग छोड़ रखा था। और वह अपना रास्ता खोज सकता था, अगर वह सिर्फ दीवार पर लिखी इबारत को पढ़ ले।

वह गया और उसने अपनी सीखी हुई बातों को संक्षेप में *चीज़* स्टेशन 'एन' की सबसे बड़ी दीवार पर लिख डाला।

उसने अपने सीखे सूत्रवाक्यों के चारों तरफ *चीज़* के एक बड़े टुकड़े का चित्र भी बनाया और मुस्कराया :

दीवार पर लिखी इबारत

परिवर्तन होता है
वे *चीज़* को हटाते रहते हैं
परिवर्तन को भांपो
चीज़ के हटने के लिये तैयार रहें
परिवर्तन पर नज़र रखें
चीज़ को बार-बार सूंघते रहें ताकि आप जान सकें
कि वह कब बासी हो रहा है
परिवर्तन के हिसाब से खुद को जल्दी ढालें
जितनी जल्दी आप पुराने *चीज़* से दूर हटते हैं
उतनी ही जल्दी आप नये *चीज़* का स्वाद ले सकते हैं
खुद को बदलें
चीज़ के साथ आगे बढ़ें
परिवर्तन का मज़ा लें!
रोमांच का मज़ा लें और नये चीज़ के स्वाद
का लुत्फ उठायें!
जल्दी से बदलने के लिये तैयार रहें और
फिर इसका आनंद उठायें
वे *चीज़* को हटाते रहते हैं

हॉ ने यह महसूस किया कि जिस हालत में वह हेम के साथ *चीज़* स्टेशन 'सी' में था, वहाँ से वह बहुत दूर आ चुका था। पर वह यह भी जानता था कि अगर वह ज़्यादा आरामतलब हो गया तो वह फिर से अपनी पुरानी हालत में पहुँच जायेगा। इसलिये हर रोज़ वह यह देखने के लिये *चीज़* स्टेशन 'एन' का निरीक्षण करता था कि उसके *चीज़* की हालत कैसी थी। वह इसे पूरी तरह पक्का कर लेना चाहता था ताकि अचानक होने वाला कोई भी परिवर्तन उसे हैरान न कर दे।

हॉ के सामने *चीज़* का ढेर लगा हुआ था, फिर भी वह भूलभुलैया में जाकर नयी जगहों की छानबीन करता था ताकि वह अपने चारों तरफ हो रही घटनाओं की जानकारी रख सके। वह जानता था कि आराम करके खुद को अकेला करने के बजाय अपने विकल्पों की जानकारी रखना ज़्यादा सुरक्षित तरीका है।

तभी हॉ को लगा जैसे भूलभुलैया में बाहर से कोई आवाज़ आ रही है। जब आवाज़ तेज़ हुई तो उसने यह महसूस किया कि कोई आ रहा था।

क्या ऐसा हो सकता है कि हेम आ रहा हो? क्या वह अपना मोड़ मुड़ गया है?

हॉ ने एक छोटी सी प्रार्थना की और आशा की – जो वह पहले भी कई बार चुका था – कि शायद, आखिरकार, उसका दोस्त वहाँ पर पहुँच गया है।

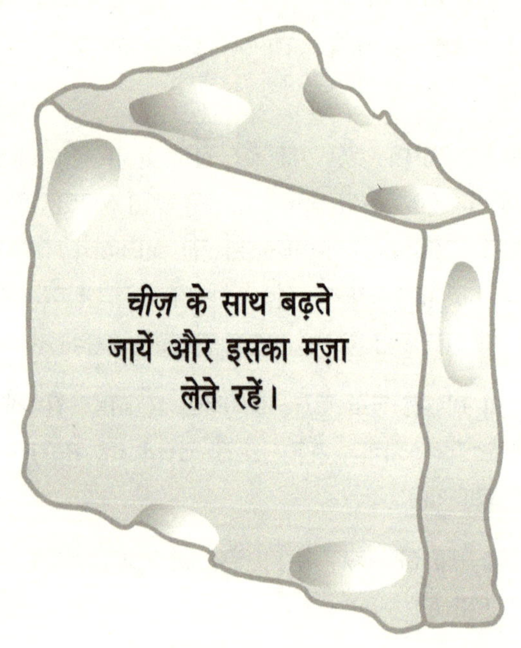

...अंत

या एक नयी शुरुआत?

चर्चा
उसी दिन बाद में

जब माइकल ने अपनी कहानी खत्म की तो उसने कमरे में चारों तरफ नज़र डाली। उसके पुराने दोस्त उसकी तरफ देखकर मुस्करा रहे थे।

कइयों ने उसे धन्यवाद दिया और कहा कि उन्हें इस कहानी से बहुत कुछ सीखने को मिला है।

नैथन ने सबसे पूछा, "क्यों न हम सब बाद में इकट्ठे होकर इस पर कुछ बातचीत करें?"

ज़्यादातर लोग इस बारे में बातें करना चाहते थे, इसलिये उन्होंने बातचीत के लिये डिनर के पहले ड्रिंक का समय चुना।

उस शाम, जब वे होटर लाउंज में इकट्ठे हुये तो वे एक दूसरे से अपना-अपना *चीज़* ढूंढने के बारे में मज़ाक करते रहे और खुद को भूलभुलैया में देखने की बातें करते रहे।

फिर एन्जेला ने सबसे पूछा, "तो आप इस कहानी में किसकी तरह हैं? स्निफ, स्करी, हेम या हॉ?"

कार्लोस ने जवाब दिया, "मैं दोपहर में यही सोच रहा था। मुझे वह समय अच्छी तरह याद है, जब मेरे पास खेल के सामान का बिज़नेस नहीं था। तब मेरा परिवर्तन से कटु साक्षात्कार हुआ था।"

"मैं स्निफ नहीं था - मैंने हालात को भांपा नहीं था और परिवर्तन के हिसाब से अपने आपको जल्दी से ढाला भी नहीं था। और मैं निश्चित रूप से स्करी भी नहीं था - मैं तत्काल काम करने में नहीं जुटा था।"

"मैं हेम की तरह कुछ ज़्यादा था, जो अपने जाने-पहचाने दायरे में बने रहना चाहता था। सच तो यह था कि मैं परिवर्तन का सामना नहीं करना चाहता था। मैं इसे देखना ही नहीं चाहता था।"

माइकल को यह लग ही नहीं रहा था कि जब से वह और कार्लोस स्कूल में पक्के दोस्त थे, तब से ज़रा भी समय गुज़रा है। उसने पूछा, "हम यहाँ पर किस बारे में बातें कर रहे हैं, मित्र?"

कार्लोस ने कहा, "नौकरियों में अचानक होने वाले परिवर्तन के बारे में।"

माइकल हँसा, "तुम्हें नौकरी से निकाल दिया गया था?"

"इसे यूँ कहें कि मैं नये *चीज़* की तलाश नहीं करना चाहता था। मेरे ख्याल से मेरे पास एक पुख्ता वजह थी, जिसके कारण मेरी ज़िंदगी में परिवर्तन नहीं होगा। और इसी कारण मैं उस समय बहुत परेशान हो गया था।"

उसके कुछ पुराने सहपाठी जो पहले चुप थे, अब काफी आरामदेह अनुभव कर रहे थे और अब वे भी बोलने लगे। इनमें फ्रैंक भी था, जो सेना में चला गया था।

"हेम को देखकर मुझे अपने एक दोस्त की याद आती है," फ्रैंक ने कहा, "उसका डिपार्टमेंट बंद हो रहा था, पर वह उस तरफ देखना नहीं चाहता था। वे उसके कर्मचारियों को हटाते रहे। उन्होंने उसे कई दूसरे मौकों के बारे में बताया, जो लचीले लोगों के लिये कंपनी में ही मौजूद थे, परंतु उसने यह कभी नहीं सोचा कि उसे खुद को बदलने की ज़रूरत थी। जब डिपार्टमेंट बंद हुआ, तो वह अकेला ऐसा आदमी था, जो हैरान हुआ। अब उसे इस अनसोचे बदलाव के साथ तालमेल बैठाने में बहुत मुसीबतों का सामना करना पड़ रहा है।"

जेसिका ने कहा, "मैंने भी नहीं सोचा था कि ऐसा मेरे साथ होगा, पर मेरा *चीज़* एक से ज़्यादा बार हटाया जा चुका है।"

इस पर नैथन के अलावा कई लोग हँस पड़े।

"शायद यही सबसे बड़ी बात है," नैथन ने कहा, "परिवर्तन हम सभी के साथ होता है।"

उसने जोड़ा, "काश मेरे परिवार ने *चीज़* की यह कहानी इससे पहले सुनी होती। बदकिस्मती से हम अपने बिज़नेस में आ रहे बदलावों को देखना नहीं चाहते थे और अब बहुत देर हो चुकी है – हमें अपने कई स्टोर्स बंद करने पड़ रहे हैं।"

इससे समूह के कई लोगों को हैरानी हुई, क्योंकि उनके ख्याल से नैथन ही इतना किस्मत वाला था, जिसके पास इतना सुरक्षित व्यवसाय था और जिसके सहारे वह ज़िंदगी गुज़ार सकता था।

"क्या हुआ?" जेसिका ने जानना चाहा।

"जब शहर में बड़े-बड़े स्टोर्स अपनी विशाल सामान-सूची और कम कीमतों के साथ आये, तो छोटे स्टोर्स की हमारी चेन अचानक पुरानी पड़ गयी। हम उनसे मुक़ाबला नहीं कर पाये।"

"मैं अब यह देख सकता हूँ कि स्निफ और स्करी की तरह होने के बजाय हम हेम की तरह थे। हम जहाँ थे, वहीं रुके रहे और ज़रा भी नहीं बदले। हमने घटनाओं को अनदेखा करने की कोशिश की और इसी वजह से आज हम मुसीबत में हैं। हमें हॉ से एक या दो सीखें लेनी चाहिये थीं।"

लॉरा जो एक सफल व्यवसायी बन चुकी थी, सब कुछ सुन रही थी पर उसने अब तक बहुत कम बातें कही थीं। "मैंने दोपहर में भी इस कहानी के बारे में सोचा। मैं सोच रही हूँ कि मैं किस तरह हॉ जैसी बन सकूँ। और यह देख सकूँ कि मैं कहाँ गलती कर रही हूँ। खुद पर हँस सकूँ; खुद को बदल सकूँ और ज़िंदगी में कुछ बेहतर कर सकूँ।"

उसने कहा, "मैं यह जानना चाहती हूँ कि यहाँ बैठे कितने लोग परिवर्तन से डरते हैं?"

जब किसी ने कोई जवाब नहीं दिया, तो उसने यह सुझाव दिया, "हाथ उठाने के बारे में आपका क्या विचार है?"

केवल एक हाथ उठा। "चलिये, ऐसा लगता है, हममें से कम से कम एक आदमी तो ईमानदार है।" उसने आगे कहा, "शायद आप अगले सवाल को ज़्यादा पसंद करेंगे। यहाँ बैठे कितने लोग यह सोचते हैं कि लोग परिवर्तन से डरते हैं?" हर आदमी ने हाथ उठा दिया। फिर सभी ने हँसना शुरू कर दिया।

"इससे हमें क्या पता चलता है?"

"इनकार", नैथन ने जवाब दिया।

माइकल ने माना, "कई बार हम यह भी नहीं जानते कि हम डरे हुये हैं। मैं जानता हूँ कि मैं डरा हुआ नहीं था। जब मैंने

पहली बार यह कहानी सुनी तो मुझे यह सवाल बड़ा पसंद आया, 'अगर आप डरते नहीं, तो आप क्या करते?"

फिर जेसिका ने कहा, "मैंने कहानी से यह सीखा है कि परिवर्तन होने ही वाला है – चाहे मैं इससे डरूँ या न डरूँ, चाहे मैं इसे पसंद करूँ या न करूँ।"

"मुझे याद है कई साल पहले हमारी कंपनी एन्साइक्लोपीडिया के सेट बेचा करती थी। एक आदमी ने हमें यह सलाह दी कि हमें अपने पूरे एन्साइक्लोपीडिया को एक कंप्यूटर डिस्क में भर देना चाहिये और इसे कम कीमत में बेचना चाहिये। इसे बनाने में लागत भी कम आयेगी और इसे ज़्यादा लोग भी खरीद पायेंगे। परंतु हमने इस विचार का विरोध किया।"

"आपने इसका विरोध क्यों किया?" नैथन ने पूछा।

"क्योंकि हमें तब भरोसा था कि हमारे बिज़नेस का आधार हमारा विशाल बिक्री संगठन था, जो लोगों से घर-घर जाकर मिलता था। हमारा बिक्री संगठन उन कमीशनों पर टिका था, जो हमारे सामान की ऊँची कीमतों से उन्हें मिलता था। हम काफी समय से यह सफलतापूर्वक करते आ रहे थे और सोच रहे थे कि ऐसा हमेशा चलता रहेगा।"

"यह आपका *चीज़* था," नैथन ने कहा।

"हाँ, और हम इसे बनाये रखना चाहते थे।"

"जब मैं सोचता हूँ कि हमारे साथ क्या हुआ था, तो मुझे लगता है कि सिर्फ ऐसी बात नहीं थी कि उन्होंने *चीज़* हटा दिया था। हकीकत तो यह है कि *चीज़* की अपनी खुद की ज़िंदगी होती है और आखिरकार वह ख़त्म हो जाती है।"

"बहरहाल, हम नहीं बदले परंतु हमारे एक प्रतियोगी ने परिवर्तन के हिसाब से खुद को ढाल लिया। नतीजा यह हुआ कि हमारी बिक्री बुरी तरह कम हो गयी। हम एक मुश्किल समय से गुज़र रहे हैं। अब हमारे बिज़नेस में एक बड़ा तकनीकी परिवर्तन हो रहा है और हमारी कंपनी में कोई भी इसका सामना नहीं करना चाहता है। यह अच्छा अनुभव नहीं है। मैं सोचती हूँ कि जल्द ही मेरी नौकरी छूट जायेगी।"

"यह भूलभुलैया समय है!" कार्लोस चिल्लाया। हर कोई हँसा, जिसमें जेसिका भी शामिल थी।

कार्लोस ने जेसिका की तरफ मुड़कर कहा, "यह अच्छा है कि आप खुद पर हँस सकती हैं।"

फ्रैंक ने कहा, "मैंने कहानी से यही सीखा है। मैं खुद को काफी गंभीरता से लेता हूँ। मैंने यह देखा कि हॉ तब बदला जब वह खुद पर हँस सका और यह देख सका कि वह क्या कर रहा था। कोई ताज्जुब नहीं कि उसका नाम हॉ है।"

एन्जेला ने पूछा, "क्या आप सोचते हैं कि हेम कभी बदला और उसे नया *चीज़* मिला?"

एलेन ने कहा, "मुझे लगता है कि ऐसा हुआ होगा।"

कोरी ने कहा, "मुझे नहीं लगता। कई लोग कभी नहीं बदलते और उन्हें इसकी कीमत चुकानी पड़ती है। मैं अपने डॉक्टरी पेशे में हेम जैसे कई लोगों को जानती हूँ। उन्हें लगता है कि उनके *चीज़* पर उनका हक है। जब यह उनसे दूर हटा दिया जाता है तो वे दुखी हो जाते हैं और इसके लिये दूसरों को दोष देने लगते

हैं। वे उन लोगों से ज़्यादा बीमार हो जाते हैं, जो पुरानी चीज़ को छोड़कर आगे बढ़ जाते हैं।"

फिर नैथने ने आहिस्ता से कहा, जैसे वह खुद से बात कर रहा हो, "मेरे हिसाब से सवाल यह है, 'हमें क्या छोड़ना चाहिये और हमें किस तरफ आगे बढ़ना चाहिये?"

कुछ देर सभी चुप बैठे रहे।

"मुझे यह मानना ही पड़ता है," नैथन ने कहा, "मैंने देखा कि देश के दूसरे हिस्सों में क्या हो रहा था, परंतु मुझे यह आशा थी कि हम पर इसका असर नहीं पड़ेगा। मेरा मानना है कि तब परिवर्तन करना ज़्यादा अच्छा होता है, जब आप ऐसा कर सकते हैं, बजाय इसके कि आप परिवर्तन के बाद धीमी प्रतिक्रिया करें और मन मारकर इससे समझौता करने की कोशिश करें। शायद हमें अपना खुद का *चीज़* हटाते रहना चाहिये।"

"मतलब?" फ्रैंक ने पूछा।

नैथन ने जवाब दिया, "मैं सिर्फ यह सोचता हूँ कि हम आज कहाँ होते अगर हमने अपने पुराने स्टोर्स के नीचे के भूखंड को किसी रियल एस्टेट को बेचा होता और नामी-गिरामी कंपनियों से होड़ करने के लिये एक बड़ा आधुनिक स्टोर बनाया होता।"

लॉरा ने कहा, "शायद यही हॉ का मतलब था, जब उसने दीवार पर लिखा था, 'रोमांच का मज़ा लें और *चीज़* के साथ आगे बढ़े'।"

फ्रैंक ने कहा, "मैं सोचता हूँ कि कुछ बातें कभी नहीं बदलनी चाहिये। उदाहरण के लिये मैं अपने मूलभूत मूल्यों को बनाये रखना

चाहता हूँ। परंतु मैं जब यह सोचता हूँ कि मैं ज़्यादा अच्छी हालत में होता अगर मैं अपनी ज़िंदगी में बहुत पहले ही *चीज़* के साथ आगे बढ़ गया होता।"

"माइकल, यह एक बेहतरीन छोटी सी कहानी थी," रिचर्ड ने कहा, जो कक्षा का सबसे शंकालु छात्र था, "परंतु आपने इसे अपनी कंपनी में कैसे इस्तेमाल किया?"

समूह को अब तक यह पता नहीं था, परंतु रिचर्ड खुद परिवर्तन का शिकार था। अपनी पत्नी से हाल ही में अलग हुआ रिचर्ड अपने किशोर बच्चों को पालने के लिये अब अपने कैरियर को संभालने की कोशिश कर रहा था।

माइकल ने जवाब दिया, "आप जानते हैं, मैंने सोचा था कि मेरा काम सिर्फ रोज़ की समस्याओं को निबटाना भर था। जबकि मुझे आगे की तरफ देखना चाहिये था और इस तरफ ध्यान देना चाहिये था कि हम कहाँ जा रहे थे।"

"और मैंने किस तरह अपनी समस्याओं को निबटाया – हर दिन, चौबीसों घंटे। मुझे कोई मज़ा नहीं आ रहा था। मैं एक चूहादौड़ में फंसा हुआ था और मैं बाहर नहीं निकल पा रहा था।"

माइकल आगे कहता रहा, "बहरहाल, जब मैंने 'मेरा *चीज़* किसने हटाया?' की कहानी पहली बार सुनी और देखा कि हॉ किस तरह बदला, तब मैंने महसूस किया कि मेरा काम नये *चीज़* का चित्र बनाना था। और मुझे इस चित्र को इतना साफ और असली बनाना था कि मैं और मेरे साथ काम करने वाले लोग खुद को बदलने में खुश हो सकें और साथ-साथ कामयाब हो सकें।"

"यह दिलचस्प है," एन्जेला ने कहा। "क्योंकि मेरे लिये कहानी का सबसे दमदार हिस्सा वह था, जहाँ हॉ ने अपने डर को जीत लिया था और अपने दिमाग में नया *चीज़* खोजने का चित्र बनाया था। इसके बाद भूलभुलैया में दौड़ना कम डरावना और ज़्यादा मज़ेदार बन गया। और आखिरकार वह कामयाब हो ही गया।"

इस चर्चा के दौरान भृकुटियाँ चढ़ाये रिचर्ड ने कहा, "मेरी मैनेजर मुझे बताती रहती है कि हमारी कंपनी में बदलाव की ज़रूरत है। मैं समझता हूँ कि वह दरअसल, मुझे यह बताना चाहती है कि मुझे बदलना चाहिये, पर मैं यह सुनना पसंद नहीं करता था। मैं सोचता हूँ कि मुझे असल में यह पता ही नहीं था कि वह नया *चीज़* क्या था, जिसकी तरफ वह हमें ले जाने की कोशिश कर रही थी। या इससे मुझे किस तरह फायदा हो सकता था?"

रिचर्ड के चेहरे पर हल्की सी मुस्कराहट आयी, जब उसने कहा, "मुझे यह मानना पड़ेगा कि नया *चीज़* देखने और इसका मज़ा लेने की कल्पना करने का विचार मुझे पसंद आया। इससे सब कुछ हल्का हो जाता है। इससे डर कम हो जाता है और बदलाव में दिलचस्पी बढ़ जाती है।"

"शायद मैं इसका प्रयोग घर पर कर सकता हूँ," उसने जोड़ा, "मेरे बच्चे यह सोचते हैं कि उनकी ज़िंदगी में कभी बदलाव नहीं होना चाहिये। वे परिवर्तन से गुस्सा हो जाते हैं। मैं सोचता हूँ कि वे भविष्य से डरते हैं। हो सकता है मैंने उनके लिये नये *चीज़* का यथार्थवादी चित्र नहीं खींचा है। शायद इसलिये कि इसे मैं खुद भी नहीं देख पाता हूँ।"

सभी शांत थे। कई लोग अपने पारिवारिक जीवन के बारे में सोच रहे थे।

एलेन ने कहा, "अच्छा, यहाँ पर ज़्यादातर लोग अपने काम-धंधे के बारे में बात कर रहे हैं, पर जब मैंने यह कहानी सुनी तो मैंने अपनी पारिवारिक ज़िंदगी के बारे में सोचा। मेरे विचार से मेरे वर्तमान संबंध उस पुराने *चीज़* की तरह हैं, जिन पर काफी गहरी फफूँद जम चुकी है।"

कोरी की हँसी में सहमति थी। "मैं भी ऐसा ही सोचती हूँ। शायद मुझे एक खराब संबंध को छोड़ने की जरूरत है।"

एन्जेला ने जवाब दिया, "या, शायद पुराना *चीज़* केवल पुराना व्यवहार है। दरअसल, जिस *चीज़* को हमें छोड़ना चाहिये वह है ऐसा व्यवहार जो हमारे ख़राब संबंधों का कारण है। और फिर हमें चिंतन और काम करने के बेहतर तरीके की तरफ बढ़ना चाहिये।"

"आउच!" कोरी ने प्रतिक्रिया दी, "बहुत बढ़िया। नया *चीज़* उसी आदमी के साथ एक नया संबंध है।"

रिचर्ड ने कहा, "मैं अब यह सोचने लगा हूँ कि जितना मैंने सोचा था, इस कहानी में उससे ज़्यादा है। मुझे यह विचार पसंद आया कि पुराने संबंध को छोड़ने के बजाय पुराने व्यवहार को छोड़ दिया जाये। वही व्यवहार दोहराने से आपको फिर वही नतीजे मिलेंगे।"

"नौकरी बदलने के बजाय शायद मुझे ऐसा कर्मचारी बनना चाहिये, जो अपनी कंपनी को बदलने में मदद करे। अगर मैंने ऐसा किया होता तो शायद आज मेरे पास एक बेहतर नौकरी होती।"

फिर बेकी बोली, जो किसी दूसरे शहर में रहती थी पर इस पुनर्मिलन के लिये यहाँ आयी थी, "जब मैं यहाँ पर कहानी और हर एक की प्रतिक्रिया सुन रही थी, तो मुझे खुद पर हँसना ही पड़ा। मैं भी इतने लंबे समय तक हेम की तरह ही थी, जो परिवर्तन को देखते ही नाक-भौं सिकोड़ती थी और डर जाती थी। मैं यह नहीं जानती थी कि दूसरे लोग भी ऐसा ही करते हैं। मुझे डर है कि कहीं अनजाने में मैंने अपने बच्चों में यह आदत न डाल दी हो।"

"जब मैं इस बारे में सोचती हूँ, तो मैं यह महसूस करती हूँ कि दरअसल, परिवर्तन आपको एक नई और बेहतर जगह पर ले जा सकता है। हालांकि आप डरते हैं कि ऐसा नहीं होगा।"

"मुझे वह समय याद है, जब मेरा बेटा हाई स्कूल में था। मेरे पति के तबादले के कारण हमें इलिनॉय से वरमोन्ट जाना था और हमारा बेटा दुखी था, क्योंकि उसके दोस्त पीछे छूट रहे थे। वह एक प्रसिद्ध तैराक था और वरमोन्ट के हाई स्कूल में तैराकी की कोई टीम नहीं थी। इसलिये हमारे शहर छोड़ने के फैसले से वह नाराज़ था।"

"बाद में, वह वरमोन्ट के पहाड़ों के प्रेम में पड़ गया। उसने स्कीइंग सीखी। वह अपनी कॉलेज टीम के लिये स्कीइंग करने लगा और अब वह कॉलोरेडो में मज़े से रहता है।'

"अगर हमने इकट्ठे *चीज़* की यह कहानी गर्म चाकलेट के कप के साथ पहले सुनी होती तो इससे हमारे परिवार का बहुत सा तनाव कम हो सकता था।"

जेसिका ने कहा, "मैं घर जाकर अपने परिवार को यह कहानी सुनाना चाहती हूँ। मैं अपने बच्चों से पूछूँगी कि उनकी नज़र में मैं किसकी तरह हूँ – स्निफ, स्करी, हेम या हॉ – और वे किसकी तरह हैं। हम इस बारे में बात कर सकते हैं कि हमारे परिवार का पुराना *चीज़* क्या है और नया *चीज़* क्या हो सकता है।"

"यह एक अच्छा ख़्याल है," रिचर्ड ने कहा।

फ्रैंक ने अपनी बात कही, "मैं सोचता हूँ कि मैं हॉ की तरह बनूँगा, जो *चीज़* के साथ ही अपनी जगह बदल ले और उसका मज़ा ले। और मैं यह कहानी उन दोस्तों को भी सुनाऊँगा, जो सेना छोड़ने के बारे में चिंतित हैं और परिवर्तन के नतीजों से डरे हुये हैं। इस पर कई दिलचस्प चर्चायें हो सकती हैं।"

माइकल ने कहा, "हमने इसी तरह अपना बिज़नेस सुधारा। हमने इस बारे में कई चर्चायें कीं कि हमने *चीज़* की कहानी से क्या सीखा और हम इसे अपनी वर्तमान स्थिति में कैसे लागू कर सकते हैं।"

"यह बहुत बढ़िया रहा। अब हमारे पास एक ऐसी मज़ेदार भाषा थी, जिसमें हम रुचि लेकर यह बात कर सकते थे कि हम परिवर्तन का सामना किस तरह कर रहे हैं। यह बहुत असरदार था, खासकर जब यह हमारी कंपनी में गहराई तक फैल गया।"

"किस तरह?" नैथन ने पूछा।

"हम अपने संगठन में जितना ज़्यादा नीचे गये, हमें उतने ज़्यादा ऐसे लोग मिले, जिन्हें लगता था कि उनमें कम ताकत थी। स्वाभाविक रूप से उन्हें ऊपर से आने वाले परिवर्तनों से डर लगता था। इसलिये वे परिवर्तन का विरोध करते थे।"

"संक्षेप में, जो परिवर्तन लादा जाता है उसका विरोध होता है।"

"काश कि मैंने *चीज़* की कहानी कुछ पहले सुनी होती," माइकल ने कहा।

"वह क्यों?" कार्लोस ने पूछा।

"क्योंकि जब तक हम परिवर्तनों को करने में जुटे, तब तक हमारे बिज़नेस की हालत इतनी बिगड़ चुकी थी कि हमें कई लोगों को अपने से दूर करना पड़ा, जिनमें कई अच्छे दोस्त भी शामिल थे। यह हम सभी के लिये परेशानी का समय था। फिर भी जाने वाले और बचे रहने वाले लगभग हर आदमी का कहना था कि *चीज़* की कहानी ने उन्हें स्थिति को देखने का एक अलग नज़रिया दिया है और वे बेहतर मुकाबला कर सकते हैं।"

"हममें से जिन लोगों को बाहर जाना था और नया काम तलाशना था, उन्होंने कहा कि यह पहले तो बहुत कठिन था पर कहानी को याद रखने से उन्हें बड़ी मदद मिली।"

एन्जेला ने पूछा, "उन्हें सबसे ज़्यादा मदद किससे मिली?"

माइकल ने जवाब दिया, "जब वे अपने डर के पार निकल गये तब, उन्होंने मुझे बताया कि सबसे अच्छी बात यह महसूस करना था कि बाहर नया *चीज़* खोजे जाने का इंतज़ार कर रहा है।"

"उन्होंने कहा अपने दिमाग में नये *चीज़* का मज़ा लेने का चित्र बनाने से उन्हें तसल्ली मिली और इसलिये नौकरी के इंटरव्यू में उनका प्रदर्शन बेहतर रहा। कइयों को ज़्यादा अच्छी नौकरी मिल गई।"

"तुम्हारी कम्पनी में रह जाने वालों का क्या हुआ?" लॉरा का सवाल था।

माइकल ने कहा, "होने वाले परिवर्तनों के बारे में शिकायत करने के बजाय लोगों ने अब कहा, 'उन्होंने केवल हमारा *चीज़* हटा दिया है। चलिये अपना नया *चीज़* खोजें।' इससे बहुत सा समय बचा और तनाव कम हुआ।"

"जल्द ही, जो लोग अब तक परिवर्तन का विरोध कर रहे थे, उन्होंने अब परिवर्तन का फायदा देखा। उन्होंने परिवर्तन को लाने में मदद भी की।"

कोरी ने कहा, "आपको क्या लगता है, ऐसा क्यों हुआ?"

"मैं सोचता हूँ कि ऐसा ज़्यादातर उस सहकर्मी दबाव के कारण हुआ, जो किसी भी कंपनी में हो सकता है।"

"ज़्यादातर संगठनों में जब कोई परिवर्तन किया जाता है तब क्या होता है? ज़्यादातर लोग क्या कहते हैं कि परिवर्तन अच्छा विचार है या बुरा विचार?"

"बुरा विचार," फ्रैंक ने जवाब दिया।

"हाँ," माइकल सहमत हो गया। "क्यों?"

कार्लोस ने कहा, "क्योंकि लोग चाहते हैं कि हालात वैसे ही बने रहें और वे सोचते हैं कि परिवर्तन उनके लिए बुरा होगा। जब एक स्मार्ट आदमी कहता है कि परिवर्तन बुरा विचार है, तो बाकी लोग भी ऐसा ही कहने लगते हैं।"

"हाँ, चाहे वे वास्तव में ऐसा न सोचते हों," माइकल ने कहा, "पर खुद को स्मार्ट दिखाने के लिये वे भी ऐसा ही कहने लगते हैं। यही वह सहकर्मी दबाव है, जो किसी भी संगठन में परिवर्तन का विरोध करता है।"

बेकी ने जोड़ा, "परिवार में यही बात माँ-बाप और बच्चों के बीच होती है।" फिर उसने पूछा, "लोगों ने जब *चीज़* की कहानी सुन ली, उसके बाद आपके हालात किस तरह बदले?"

माइकल बोला, "लोग इसलिये बदले, क्योंकि कोई भी हेम जैसा नहीं दिखना चाहता था।"

अब की बार सभी हँसे, नैथन भी। उसने कहा, "यह एक अच्छी बात है। मेरे परिवार में भी कोई हेम जैसा नहीं दिखना चाहेगा। हो सकता है कि वे बदल भी जायें। तुमने हमें यह कहानी हमारे पिछले पुनर्मिलन पर क्यों नहीं सुनाई? यह सचमुच बहुत काम की है।"

माइकल ने एक आखिरी विचार दिया, "जब हमने देखा कि इस कहानी ने हमारे लिये कितना बढ़िया काम किया है, तो हमने इस कहानी को ऐसे लोगों को भी सुनाया, जिनके साथ हमें बिज़नेस करना था - क्योंकि हमारा अंदाज़ा था कि उनकी कंपनियां भी परिवर्तन का सामना कर रही होंगी। हमने सुझाव दिया कि हम उनका नया *चीज़* हो सकते हैं, यानी उनके सफल होने के लिये हम बेहतर साझेदार हो सकते हैं। इससे हमें बिज़नेस में भी बहुत फायदा हुआ।"

इससे जेसिका के मन में कई विचार आये और उसे यह याद आया कि उसे सुबह जल्दी ही बिक्री संबंधी काम शुरू करना है। उसने अपनी घड़ी की तरफ देखा और कहा, "अच्छा, अब समय आ गया है कि मैं इस *चीज़* स्टेशन को छोड़ दूँ और नया *चीज़* ढूंढने जाऊँ।"

सभी हँसे और एक दूसरे से विदा लेने लगे। उनमें से कई लोग और बातें करना चाहते थे पर उनके लिये भी जाना ज़रूरी था। जब वे जाने लगे तो सबने माइकल को एक बार फिर धन्यवाद दिया।

उसने कहा, "मुझे बहुत खुशी है कि आपको यह कहानी इतनी उपयोगी लगी और मुझे आशा है कि आप भी इसे जल्दी ही दूसरों को सुनायेंगे और उन्हें फायदा पहुँचायेंगे।"

• समर्पण •

मेरे मित्र डॉ. केनेथ ब्लेंचार्ड को,
इस कहानी के प्रति जिनके उत्साह ने,
मुझे यह पुस्तक लिखने की प्रेरणा दी,
और जिनके सहयोग से यह
इतने अधिक लोगों तक
पहुँच सकी।

लेखक के बारे में

स्पेंसर जॉनसन, एम.डी., एक अंतर्राष्ट्रीय ख्यातिप्राप्त चिंतक, वक्ता और लेखक हैं, जिनकी पुस्तकों में सामान्य ज़िंदगी से जुड़ी ऐसी सच्चाईयां बताई गई हैं, जिनकी जानकारी लाखों-करोड़ों लोगों की ज़िंदगी को ज़्यादा सफल और कम कष्टकारी बना सकती है। उनकी पुस्तकें सफल और आनंददायी जीवन की कुंजी हैं।

अक्सर उनके बारे में यह कहा जाता है, "वे सर्वश्रेष्ठ लेखक हैं, जो जटिल विषयों और समस्याओं को उठाते हैं और उनके बारे में ऐसे आसान समाधान देते हैं, जो जीवन भर काम आते हैं।"

वे नंबर वन बेस्ट सेलिंग पुस्तक *हू मूव्ड माई चीज़* के लेखक हैं, जो परिवर्तन का सामना करने का अद्भुत तरीका सिखाती है। साथ ही वे नंबर वन न्यू यॉर्क टाइम्स बेस्ट सेलर *द वन मिनट मैनेजर* के सह-लेखक हैं, जो उन्होंने विख्यात मैनेजमेंट कंसल्टंट केनेथ ब्लेंचार्ड, पी.एच.डी. के साथ लिखी। यह पुस्तक आज भी बिज़नेस बेस्ट सेलर सूचियों में आती है और संसार में सबसे लोकप्रिय मैनेजमेंट पद्धति बन चुकी है।

डॉ. जॉनसन ने कई अन्य बेस्ट सेलर्स पुस्तकें लिखी हैं। इनमें शामिल हैं : 'द प्रेशस प्रेज़ेन्ट,' बेहतर निर्णयों की मार्गदर्शिका, *'यस ऑर नो',* वैल्यू टेल्स, बच्चों की लोकप्रिय पुस्तकें तथा वन मिनट

सीरीज़ की पाँच अन्य पुस्तकें – *द वन मिनट सेल्स पर्सन, द वन मिनट मदर, द वन मिनट फादर, द वन मिनट टीचर और वन मिनट फॉर योरसेल्फ।*

उन्होंने दक्षिणी कैलिफोर्निया विश्वविद्यालय से मनोविज्ञान विषय लेकर बी.ए. किया, रॉयल कॉलेज ऑफ सर्जन्स से एम.डी. डिग्री ली और हार्वड मेडिकल स्कूल और द मयो क्लीनिक में मेडिकल क्लर्कशिप की।

डॉ. जॉनसन हृदय के लिये पेसमेकर का आविष्कार करने वाले मेडट्रॉनिक संस्थान के संचार प्रभाग में मेडिकल डायरेक्टर थे; द इन्स्टीट्यूट फॉर इन्टर-डिसिप्लिनरी स्टडीज़ के रिसर्च फिज़िशियन थे और सेंटर फॉर द स्टडी ऑफ द पर्सन तथा कैलिफोर्निया विश्वविद्यालय के स्कूल ऑफ मेडिसिन के परामर्शदाता थे।

उनकी पुस्तकें मीडिया में अक्सर फीचर की जाती हैं, जिनमें *सी एन एन, द टुडे शो, लैरी किंग लाइव, टाइम मैग्ज़ीन, यू एस ए टुडे, द वॉल स्ट्रीट जनरल, और युनाइटेड प्रेस इंटरनेशनल* शामिल हैं।

स्पेंसर जॉनसन की पुस्तकें छब्बीस भाषाओं में दुनिया भर में उपलब्ध हैं।